VENTE DES 5, 6, 7, 8 ET 9 JUIN 1882

ESTAMPES

DESSINS ET LIVRES

Juin 1882.

M. MAURICE DELESTRE
COMMISSAIRE-PRISEUR
27, rue Drouot.

M. CLEMENT
Marchand d'Estampes de la Bibliothèque Nationale
3, rue des Saints Pères.

CONDITIONS DE LA VENTE

Elle sera faite au comptant.

Les adjudicataires payeront *cinq pour cent* en sus des enchères.

ORDRE DES VACATIONS

Lundi	**5 juin 1882**			....	Nos 1 à 238
Mardi	**6**	—	—	....	Nos 239 à 485
Mercredi	**7**	—	—	....	Nos 486 à 710
Jeudi	**8**	—	—	....	Nos 711 à 952
Vendredi	**9**	—	—	....	Nos 953 à la fin.
—		—	—	Estampes en lots.	

Imprimerie PILLET et DUMOULIN, rue des Grands-Augustins, 5, à Paris.

CATALOGUE

D'ESTAMPES

DE L'ÉCOLE FRANÇAISE

DU XVIIIe SIÈCLE

PIÈCES IMPRIMÉES EN NOIR ET EN COULEURS

PORTRAITS, VIGNETTES

LITHOGRAPHIES ET EAUX-FORTES MODERNES

DESSINS, LIVRES, PASTEL

Dont la vente aux enchères publiques aura lieu

HOTEL DES COMMISSAIRES-PRISEURS, RUE DROUOT, N° 9

SALLE N° 4

Du Lundi 5 au Vendredi 9 Juin 1882

A UNE HEURE ET DEMIE PRÉCISE

Par le ministère de Me **MAURICE DELESTRE**, Commissaire-Priseur,
27, rue Drouot, 27.

Assisté de **M. CLEMENT**, Marchand d'Estampes de la Bibliothèque Nationale,
rue des Saints-Pères, 3.

PARIS. — 1882

DÉSIGNATION

ESTAMPES

ANONYMES

1 — Les Rigueurs de l'hiver. Très belle épreuve avant toutes lettres.

2 — M. R. l'Ane comme il n'y en a point. Pièce satyrique sur Mercier, gravé par Gaucher.

3 — *Charette* (le général de), in-fol. Très belle épreuve avant toutes lettres.

4 — *La Vallière* (la duchesse de), in-fol. Belle épreuve, marge.

5 — *Walter* (f.) in-4. Belle épreuve, marge.

ADRESSES

6 — Remoissenet, marchand de tableaux et d'estampes.... demeure quai Voltaire n° 12, à Paris. Très belle épreuve, marge.

7 — Encadrement ornementé pour une adresse de rôtisseur ou restaurant, dessiné et gravé par Dorgez. Très rare épreuve avant la lettre.

8 — Adresses, cartes de visites et ex libris. Vingt-sept pièces, rares.

ALBANE

9 — Fédération des départements du Nord, du Pas-de-Calais et de la Somme, qui a eu lieu à Lille le 6 juin 1790, entre les gardes nationales et les troupes de ligne, — Banquet civique donné par les gardes nationales de Lille aux troupes de la garnison, le 27 et 28 juin 1790. Deux pièces faisant pendants, imprimées en bistre. Superbes épreuves, rares.

ALIBERT (A Paris, chez)

10 — Le Sommeil interrompu. Belle épreuve

ALIX (P.-M.)

11 — *Barra* (Joseph), en buste, dans un médaillon posé sur un bas-relief, où est représentée la scène de son assassinat, par les Rebelles Vendéens, d'après Garneray, In-fol. en couleur. Superbe épreuve, marge.

12 — *Viala* (Joseph-Agricol), en buste tenant une hache sur son épaule, dans un médaillon posé sur un bas-relief où il est représenté coupant le câble du navire, d'après Sablet, in-fol. en couleur. Superbe épreuve, marge.

13 — *Buonaparte* (Le Général), d'après Appiani, in-fol. en couleur. Superbe épreuve.

14 — *Cambacérés, Bonaparte et Lebrun*, représentés en bustes dans un médaillon posé sur un bas-relief où est représentée la scène où Barthelemy, président du Sénat conservateur, présente au premier consul l'acte constitutif qui fixe le consulat à vie, d'après Vangorp et Duplessis-Bertaux, in-fol. en couleur. Superbe épreuve, rare.

15 — *Custine* (Adam Philippe), général de l'armée du Rhin, in-4, en couleur. Superbe épreuve.

16 — Pie VII, souverain pontife, d'après Wicar, in-fol, en couleur. Très belle épreuve.

17 — *Sevigné* (la Marquise de), d'après Nanteuil, in-fol. en couleur. Belle épreuve.

ALIX (P.-M.)

18 — *Baptiste aîné.* En buste dans un médaillon posé sur un cartouche où est représentée une scène de : Robert chef de brigands. Superbe épreuve, marge.

19 — Mlle *Maillard*, du théâtre des Arts, en buste, dans une bordure ovale reposant sur un cartouche orné de figures allégoriques, gravé en couleur d'après Garneray. Superbe épreuve, marge.

20 — *J. B. Poquelin de Molière*, en buste dans une bordure ovale posant sur un cartouche, où est représentée la scène VII du IV acte de Tartufe, d'après Garneray, in-fol. en couleur. Superbe et très rare épreuve avant les mots : Tartuffe, acte IV, scène VII, aux-dessous du cartouche.

21 — Le même portrait. Superbe épreuve.

22 — *P. L. Dubus Preville*, de la Comédie-Française, en buste dans une bordure ovale posant sur un cartouche orné de trois médaillons où il est représenté dans trois rôles différents, in-fol. en couleur. Très belle épreuve.

23 — Recherches sur les costumes et sur les théâtres de toutes les nations, tant anciens que modernes. Vingt-sept pièces en noir et en couleur.

AUBERT (d'après L.)

24 — Le Dessein, par Cl. Duflos. Très belle épreuve, marge.

AUBRY (d'après)

25 — Les Adieux de la nourrice, par R. de Launey. Belle épreuve.

AVELINE (A.)

26 — Vue du château neuf de St-Germain en Laye. Colorié.

AVRIL

27 — Triomphe de l'Impératrice Catherine de Russie, d'après Ferdinand de Meys, grand in-fol. en largeur. Très belle épreuve, avant la lettre.

BARBIÉ (L.)

28 — *Estaing* (Charles H., comte d') in-8. Très belle épreuve, marge.

BART

29 — Frère Luce ; d'après Subleyras. Très belle épreuve, rare.

BARTOLOZZI (F.)

30 — *Marie Christine,* Archiduchesse d'Autriche, duchesse de Saxe-Teschen, gouvernante générale des Pays-Bas, d'après Roslin le suédois, in-fol. Superbe épreuve imprimée en bistre, grande marge.

BASSET (A Paris, chez)

31 — Globe aerostatique de MM. Charles et Robert, au moment de leur départ du Jardin des Thuilleries, le premier decembre 1783, pièce coloriée. Très belle épreuve, marge.

32 — Vue perspective du sallon de l'Académie Royale de peinture et de sculpture du Louvre à Paris. Pièce coloriée, avec marge.

33 — Le Grand Caffé d'Alexandre sur les boulevards à Paris. Très belle épreuve avec marge, coloriée.

34 — La Vie d'une jolie fille à Paris, ou la paysanne pervertie, — La Vie d'un joli garçon à Paris ou le paysan perverti. Deux pièces en couleur.

BAUDOUIN (d'après P.-A.)

35 — Allégorie. (E. B., 1). Très belle épreuve du premier état, avant toutes lettres. Rare.

36 — L'Amour à l'épreuve, par Beauvarlet (5). Bonne épreuve.

37 — Les Amours champêtres, par P. P. Choffard (7). Belle épreuve.

38 — Annette et Lubin, par N. Ponce (9). Très belle épreuve.

BAUDOUIN (d'après P.-A.)

39 — Le Carquois épuisé, par N. de Launay. (E. B. 14.) Très rare épreuve à l'état d'eau-forte.

40 — La même estampe. Superbe épreuve, toutes marges,

41 — La même estampe. Superbe épreuve, sans marge.

42 — Le chemin de la fortune, par Voyez Major. (14). Superbe épreuve avant la lettre, rare.

43 — Le Confessionnal, par P. E. Moitte. (E. B. 15). Superbe épreuve avant toutes lettres.

44 — Le Coucher de la mariée, gravé à l'eau-forte par J. M. Moreau et terminé au burin par Simonet. (E. B. 16). Très rare épreuve avant toutes lettres, à l'eau-forte. A droite, au-dessous du trait carré, on lit, écrit à la pointe sèche : J. M. Moreau le jeune, 1768.

45 — La même estampe. Très belle et rare épreuve avant toutes lettres.

46 — La même estampe. Très belle épreuve, marge.

47 — Le Curieux, par Malœuvre (17). Superbe et très rare épreuve avant toute lettre et avant la bordure, grande marge.

48 — Le léger vêtement, par Chevillet (20). Très belle épreuve.

49 — Le Lever. — La Toilette. Deux pièces faisant pendants, gravées par Massard et N. Ponce (29 et 48). Superbes épreuves avec l'adresse de Mme Baudouin.

50 — Les mêmes estampes. Très belles épreuves avec l'adresse de Basan.

51 — Marchez tout doux, parlez tout bas, par P. P. Choffard (30). Epreuve avant toutes lettres, sans marge.

52 — Marton, par N. Ponce (31). Superbe épreuve avant la lettre, marge.

53 — La même estampe. Superbe épreuve.

BAUDOUIN (d'après P.-A.)

54 — Le Matin. Le Soir. Deux pièces gravées par de Ghendt (32 et 46). Très belles épreuves.

55 — Le Matin, par de Ghendt. Très belle épreuve.

56 — Le Modèle honnête, par J. M. Moreau et Simonet (34). Superbe épreuve, toutes marges.

57 — La même estampe. Très belle épreuve, marge.

58 — Les Soins tardifs, par N. de Launay (45). Superbe épreuve, grandes marges.

59 — La Soirée des Tuileries, par Simonet (47). Superbe et rare épreuve avant toutes lettres.

BEAUBLÉ

60 — Louis XVI et Marie-Antoinette. Deux portraits in-fol. faisant pendants, d'après Jumel, maître d'écriture.

BEAUVARLET (J.-F.)

61 — La Marchande d'amours, d'après Vien. Superbe épreuve avant toutes lettres.

BENARD

62 — Almanach de la fortune ou agenda de la rue Quicampoix, avec calendrier pour l'année 1720. Très belle épreuve avec marge, rare.

BENARD (d'après)

63 — La Fileuse.—La Ménagère. Deux pièces faisant pendants, gravées par Duflos. Très belles épreuves avec marge, une est avant la lettre et l'autre est imprimée avec cache-lettre.

BENAZECH

64 — Le Prix de l'Agriculture, en couleurs. Superbe épreuve, marge.

BERGNY (A Paris, chez)

65 — La Promenade du Prince de Gal. — Premier rendez-vous de Charlotte et de Werther. Deux pièces en couleur de forme ronde, faisant pendants. Très belles épreuves, rares

BERTAUX (d'après J.)

66 — La Marchande de marrons, par Auvray. Belle épreuve.

BERTAUX (d'après Duplessis)

67 — Le Charlatan français. — Le Charlatan allemand. Deux pièces faisant pendants, gravées par Helman, 1777. Très belles et rares épreuves avant la dédicace, grandes marges.

BERTHET (C.)

68 — Robe à la Circassienne, garnie à la chartres : la Coeffure de même avec le tableau des Evenements. Pièce curieuse, coloriée, rare.

BERTIN (d'après N.)

69 — La Gayeté de Silène, par N. de Launay. Très rare et belle épreuve à l'état d'eau forte, avant toutes lettres et avant les armes, grandes marges.

BIGG (d'après W.)

70 — The charitable lady, par Grant. Belle épreuve.

BINET (d'après)

71 — La Solitude agréable. — La Nourrice élégante. — Le Chasseur. — Le Plaisir de la pêche. Suite de quatre pièces gravées par Testelin, Ambrosi. Superbes épreuves, marges.

BLEECK (P. Van)

72 — Portrait de F. Quesnoy, sculpteur, d'après Ant. Van Dyck, in-fol. en manière noire. Belle épreuve, sans lettres.

BOILLY (d'après)

73 — La Comparaison des petits pieds. — Le Cadeau. — Ah ! Ah ! qu'il est sot. — La leçon d'union conjugale. Quatre pièces gravées par Petit, Bonnefoy et Chaponnier.

74 — Défends-moi, par Petit. Belle épreuve.

75 — La douce résistance, gravé en couleur par Tresca. Superbe épreuve, grandes marges.

BOILLY (d'après)

76 — Je l'attends. — S'il était là. Deux pièces faisant pendants, gravées en couleur par de Gouy. Très belles épreuves.

77 — Marche incroyable, par Bonnefoy. Superbe et ancienne épreuve.

78 — L'Optique. — La Surprise. Deux pièces gravées par Cazenave et Honoré. Bonnes épreuves.

79 — Quelle est gentille, par Bonnefoy. Très belle épreuve avant toutes lettres, marge.

BOILLY ET **GÉRARD** (d'après)

80 — La Sauve garde de l'enfance. — Le retour de la promenade. Deux pièces gravées en couleur, par Maradan. Belles épreuves.

BOISSIEU (J.-J. DE)

81 — Suite de dix paysages gravés à l'eau-forte par Boissieux peintre. A Paris, chez Basan. Très belles épreuves, marges.

82 — Croquis, portraits, et paysages. Douze pièces.

BOIZOT (L.-A.)

83 — Louis XVI, roi de France, d'après L. S. Boizot, in-fol. Belle épreuve.

BOLSWERT (S.-A.)

84 — Le Christ à l'éponge, d'après Van-Dyck. Belle épreuve.

BONNET (L.)

85 — L'Amant écouté, — L'Éventail cassé. Deux pièces faisant pendants, gravées en couleur d'après Huet. Superbes épreuves.

86 — Joconde, conte de la Fontaine, d'après Huet, in-4, en couleur. Très belle épreuve, sans marge.

87 — The Balance, d'après Huet, en couleur. Superbe épreuve marge.

BONNET (L.)

88 — Le Bon accord, — Le Doux baiser. Deux pièces en couleur, d'après Cheveaux. Très belles épreuves.

89 — La Bonne ruse, — Le Bon accord. Deux pièces faisant pendants, d'après Cheveaux, en couleur. Très belles épreuves.

90 — Le Drapeau national, — Le petit Sabot. Deux pièces gravées en couleur, d'après Huet. Belles épreuves.

91 — Nymphe sortant du bain, d'après Barbier. Très belle épreuve, en couleur.

92 — La Peinture aimée des Grâces, d'après Lagrenée, aux trois crayons. Très belle épreuve, marge.

93 — The amiable Society, d'après Hambert, en couleur. Très belle épreuve.

94 — La Toilette, en couleur. Très belle épreuve avant toutes lettres.

BOREL (d'après)

95 — Deux Jeunes femmes dans un riche intérieur sont couchées sur un lit ; l'une d'elles fouette l'autre avec des roses. Sous le trait carré, au-dessus d'un cartouche ornementé, on lit à gauche, en lettres tracées à la pointe : *Borel inv. et del.*, à droite : *A Giraud le jeune, aqua-forti.* Très belle et rare épreuve à l'état d'eau-forte.

96 — L'Indiscret, par Dequevauviller. Superbe et très rare épreuve à l'état d'eau-forte.

97 — La même estampe. Superbe épreuve.

BOSIO

98 — Les Invisibles : en couleur. Très belle épreuve, grandes marges.

BOUCHARDON (d'après)

99 — Apollon et les muses, dessinés par Ed. Bouchardon et gravés par Huquier, onze pièces. Très belles épreuves, grandes marges.

BOUCHER (d'après F.)

100 — Ulisse évoque l'ombre de Tiresias, — Sacrifice à Cérès. Deux pièces gravées par Caylus. Belles épreuves.

101 — Livre de diverses figures d'académies, gravées par Aveline, Aubert, etc. Dix pièces.

102 — Les Sens. Suite de cinq pièces gravées par Caylus. Belles épreuves.

103 — Abreuvoir d'oiseaux, par Chedel. Très belle épreuve, marge.

104 — L'Amour oiseleur, — L'Amour moissonneur. Deux pièces faisant pendants, gravées par Aveline et Lépicié. Très belles et rares épreuves avant toutes lettres, à l'état d'eau-forte.

105 — La Bergère endormie. Superbe épreuve avant toutes lettres, rare.

106 — La Bonne aventure, — La Fontaine de l'Amour. Deux pièces gravées par P. Aveline. Superbes épreuves, marges.

107 — Les Charmes du printemps, — Les Plaisirs de l'été, — Les Délices de l'automne, — Les Amusements de l'hiver. Suite de quatre pièces gravées par J. Daullé. Superbes et très rares épreuves avant toutes lettres, marges.

108 — Les mêmes estampes. Superbes épreuves.

109 — La Chasse, — La Pesche. Deux pièces faisant pendants, gravées par Le Prince. Superbes épreuves, rares.

110 — Le Départ du courrier, — L'Arrivée du courrier. Deux pièces faisant pendants, gravées par Beauvarlet. Superbes épreuves avant toutes lettres.

BOUCHER (d'après F.)

111 — Les Éléments. Suite de quatre pièces gravées par Daullé. Superbes épreuves, grandes marges.

112 — Étude, femme nue assise, par Fessard. Belle épreuve.

113 — La Fileuse au fuseau, par le chevalier de V. Très belle épreuve avant la lettre, marge, rare.

114 — Le Fleuve Scamandre, par de Larmessin. Très belle épreuve avant l'adresse de Buldet.

115 — Foire de campagne, par C. N. Cochin. Très rare épreuve avant toutes lettres, à l'état d'eau-forte.

116 — Les Fruits du ménage, par Le Vasseur. Très belle épreuve, marge.

117 — La Mort d'Adonis, par C. le Vasseur. Superbe épreuve avant la dédicace, marge.

118 — L'Obéissance recompensée, — Le Panier mystérieux. — Le Messager discret, — L'Agréable leçon. Suite de quatre pièces gravées par Gaillard. Très belles épreuves.

119 — Le Paquet incomode, — Le Mérite de tous pais. Deux pièces gravées par Aveline le jeune. Très belles épreuves, marges.

120 — Le Sommeil interrompu, par Beauvais. Très rare et belle épreuve avant toutes lettres, à l'état d'eau-forte, marge.

121 — Le Souffleur, — Le Pêcheur, — Le Poëte, — Le Berger, Suite de quatre pièces gravées par Cl. Duflos. Très belles épreuves, grandes marges.

122 — La Surprise dans les blés, par Huquier. Très belle épreuve avant la lettre.

123 — Le Triomphe de Vénus. Grande pièce in-fol. en largeur, gravée par Duflos. Très belle et rare épreuve avant toutes lettres, à l'état d'eau-forte.

BOUCHER (d'après F.)

124 — Vénus donnant du nectar à l'Amour, par F. Basan. Superbe épreuve, toute marge.

125 — Vénus sur les eaux, par J. C. le Vasseur. Très belle épreuve.

126 — Premier livre de groupes d'Enfants, par F. Boucher peintre du Roi, gravé par Aveline. Six pièces.

127 — Livre d'Académies, dessinées d'après le naturel, gravées par La Rue. Onze pièces,

128 — Femme du Levant, — L'Amour nageur, — L'Amour moissonneur, — L'Amour oiseleur, — etc. Huit pièces.

129 — L'Eau, — La Terre, — L'Amour vendangeur, — L'Amour nageur, — Les Plaisirs de l'été, — L'Amour oiseleur etc. Huit pièces par divers graveurs. Belles épreuves.

130 — L'Amour prie Vénus de lui rendre ses armes, gravé aux trois crayons par L. Bonnet. Très belle épreuve, marge.

131 — Le Dénicheur de merles, — La Maraudeuse de fleurs, — Deux pièces faisant pendants, gravées à la sanguine par Demarteau. Très belles épreuves, marges.

132 — Les Jeunes cuisinières, au crayon rouge par Demarteau. Très belle épreuve, marge.

133 — La Jeune mère, par Demarteau, à la sanguine. Belle épreuve.

134 — Jeune Mère et ses enfants, — Jeune Femme assise. Deux pièces gravées à la sanguine par Demarteau. Belles épreuves.

135 — Jupiter et Antiope, gravé au bistre, par Ph. L. Parizeau. Superbe épreuve, marge.

136 — La Petite école, par L. Bonnet, à la sanguine. Belle épreuve.

BOUCHER (d'après F.)

137 — Vénus et l'Amour, gravé à la sanguine, par Demarteau, Très belle épreuve.

BOUCHER ET **VLEUGHELS** (d'après)

138 — La Jument du compère Pierre, — Le Calendrier des vieillards, — La Courtisane amoureuse, — Trois pièces gravées par de Larmessin. Très belles épreuves avant l'adresse de Buldet.

BOUCHER (A Paris, rue)

139 — Marie-Antoinette, — Louis XVI, — Louis-Charles de France. Trois portraits in-fol. en manière noire. Très belles épreuves.

BOUNIEU (d'après)

140 — L'Espoir d'un heureux jour, — Les Revers de la fortune. Deux pièces faisant pendants, gravées par L. Marin, sous la direction de Bonnet. Très belles épreuves, en couleur.

BOUTELOU (L.)

141 — Caroline, reine de Naples, in-4 en couleur. Belle épreuve.

BOZES ET **BARBIER** (d'après).

142 — Arrestation de Robespierre, — La mort de Robespierre. Deux pièces publiées à Londres. Belles épreuves, avec marges.

BRANDOIN (d'après)

143 — Exposition à l'Académie royale, à Londres, en 1772, par R. Earlom. Superbe et très rare épreuve avant la lettre.

BUNBURY (d'après)

144 — Richmond Hill. Grande pièce, rare et curieuse, gravée en couleur par Dickinson. Très belle épreuve.

CALLOT (J.)

145 — Les Petites misères de la guerre. Suite de six pièces et un titre. Belles épreuves.

CAMPION (J. A. LE)

146 — Vues de Paris. Trois pièces en couleur.

147 — *Petion de Villeneuve* (Jérôme), maire de Paris, d'après Pérignon, in-4 en couleur. Très belle épreuve, marge

CANOT (d'après)

148 — Le Gateau des roys, — Le Souhait de la bonne année au grand'papa. Deux pièces gravées par J. Ph. Le Bas. Belles épreuves.

CANU

149 — Maximilien Robespierre, représenté en buste, pressant un cœur et recevant le sang dans une coupe, in-8. Belle épreuve, marge.

CARICATURES

150 — *Caricatures parisiennes.* Le suprême bon ton. Suite de vingt pièces. Très belles épreuves d'une suite rare.

151 — Sujets tirés du bon genre. Six pièces.

152 — Sujets tirés du bon genre, du suprême bon ton, etc. Vingt-deux pièces.

153 — Quel est le plus ridicule? rapprochement et contraste des costumes depuis 89, en couleur. Très belle épreuve, marge.

154 — La Valse, — Et nous aussi j'valsons, — Cavalcade de Lonchamp, — L'heureux commis marchand, — Suite effrayante des fréquentations du Serail. Cinq pièces.

155 — *Caricatures parisiennes.* Désagrement de rendre ses visites à pied, — Désagrement des parapluies, — La Gavotte, — La Toilette. Quatre pièces.

156 — Caricature par Gillray et autres artistes Anglais, Incroyables, costumes militaires et civils de l'époque de la révolution, etc. etc. Deux cent soixante-treize pièces reliées en 1 vol. grand in-fol.

CARICATURES

157 — Caricatures anglaises et françaises, dont un nombre de sujets tirés du bon genre et du suprême bon ton, costumes militaires, etc. Soixante-quatre pièces reliées en 1 vol. in-fol. cartonné.

158 — Caricatures anglaises, par Heath, Gillray et autres. Cent soixante-six pièces reliées en 2 vol. in-fol. cart.

159 — Caricatures anglaises par Rowlandson, Gillray, Woodward, etc. Soixante pièces.

160 — Sous ce numéro il sera vendu plusieurs lots de caricatures sur les mœurs et la politique.

161 — Caricatures politiques sur les mœurs anglaises et françaises. Environ deux cents pièces.

162 — Scène d'un bal de province. Pièce rare, coloriée.

163 — Les Douceurs de l'automne, — Le Boxeur blessé et ses parieurs consternés, etc. Seize pièces.

164 — Caricatures diverses et gravures en couleurs. Dix-huit pièces.

CARMONTELLE (L.-C. DE)

165 — *Besenval* (Le marquis de), représenté en pied. Superbe épreuve, rare.

CARMONTELLE (d'après L.-C. DE)

166 — Léopold Mozart, Marianne Mozart, virtuose âgée de onze ans, et J.-J. G. Wolgang Mozart, compositeur et maître de musique, âgé de sept ans, par Delafosse. In-folio, superbe épreuve, rare.

CATHELIN

167 — *Marie-Antoinette*, archiduchesse d'Autriche, reine de France, d'après Fredou, in-fol. Très belle épreuve.

CAYLUS

168 — *Dulatier* (M. Chavigne), chirurgien de la reine Marie Leczinska. Portrait-caricature gravé à l'eau-forte, in-8°. Belle épreuve, marge.

CHAILLOU (chez)

169 — La Fille engageante, — Le Billet rendu, — La Curieuse aperçue. Trois pièces gravées en couleur. Très belles épreuves, marges.

CHALLE (d'après M.-A.)

170 — Les Amants trahis par leurs ombres, par Wogts, en couleur. Très belle épreuve. Marge.

171 — Le Méridien, — Émile, vainqueur à la course. Deux pièces gravées par Vonet et Lembert. Belles épreuves.

172 — La Pantoufle, par Marchand. Superbe épreuve avant toutes lettres.

173 — Le Premier baiser de l'Amour, par A. Le Grand, en couleur. Très belle épreuve.

174 — Quand l'Hymen dort, l'Amour veille, par Maucler, en couleur. Belle épreuve.

175 — The officious Waiting Woman, par Chaponnier. Superbe épreuve.

CHAPUY

176 — Vue perspective du Champ de Mars, jour du Serment civique, prononcé par la Nation française assemblée à Paris, le 14 juillet 1790. Très belle épreuve en couleur.

CHARDIN (d'après S.)

177 — Dame cachetant une lettre, par E. Fessard. Très rare épreuve avant toutes lettres.

178 — Le Dessinateur, par J. Flipart. Très belle épreuve, marge.

CHARDIN (d'après S.)

179 — La Mère laborieuse, par Lépicié. Superbe épreuve, grande marge.

180 — La Gouvernante, par Lépicié. Superbe épreuve, grande marge.

181 — L'Ouvrière en tapisserie, par J.-J. Flipart. Très belle épreuve, marge.

182 — La Serinette, par L. Cars. Magnifique épreuve avec une très grande marge, très rare de cette qualité.

183 — Le Souffleur, par Lépicié. Superbe épreuve. Grandes marges.

CHATAIGNIER (Chez)

184 — La Mère à la mode, La Mère telle que toutes devraient être, pièce en couleur. Belle épreuve avec marge.

CHENAY (Paul)

185 — Portrait de la reine Marie de Médicis, d'après Rubens. Épreuve avant la lettre.

CHEREAU (J. le jeune)

186 — Madame de Prie, tenant un oiseau sur la main, d'après Vanloo, in-folio. Superbe épreuve, marge.

CHEVAUX (d'après)

187 — La Souricière, par Motey, en couleur. Très belle épreuve.

CHODOWIECKI

188 — Les Effets de la sensibilité sur les quatre différents tempéraments. Belle épreuve, marge.

CHOFFARD (P.-P.)

189 — Adresse de Lattré. Très rare épreuve avant la lettre.

190 — Frontispice du catalogue Mariette, avec son portrait, d'après Cochin, in-8°. Rare épreuve avant la lettre.

COCHIN (C.-N.)

191 — Vue du port d'Antibes, d'après Joseph Vernet. Très rare épreuve à l'état d'eau-forte. Au bas de la droite on lit: *Donné par J. P. Le Bas à son ami Bachelay*, 1761. Marge.

COCHIN (d'après C.-N.)

192 — L'Étude du dessin, par B. L. Prevost. Très rare épreuve à l'état d'eau-forte.

193 — Petites boutiques du Pont-Neuf. Trois pièces gravées par Le Bas. Superbes épreuves avant la lettre. Rares.

194 — Frontispice de l'Encyclopédie, par B. L. Prevost. Très belle épreuve, marge.

195 — La Justice protège les Arts, gravé à la sanguine par Demarteau. Belle épreuve.

196 — La Ravaudeuse, par Ravenet. Deux épreuves, dont une très rare à l'état d'eau-forte.

197 — *Beaumarchais*. (P. A. Caron de), par Aug. de Saint-Aubin, in-4°. Très belle épreuve.

198 — Le Comte de *Caylus*, — Amelot. — Léonard *Le Roux*, — Monet. — Quatre portraits gravés, par A. de Saint-Aubin. Belles épreuves.

199 — *Gras* (Joachim), Trésorier de France, in-4°. Belle épreuve.

COOK (J.-P.) Excudit

200 — Suite de quatre estampes in-fol. pour illustration de Werther. Belles épreuves.

CORBUTT (Ch.)

201 — Portrait de femme en buste, gravé à la manière noire, d'après Titien, in-fol. Belle épreuve.

COSSIN

202 — Thèses de Philosophie de Louis de la Tour-d'Auvergne, soutenues au collège de Clermont. Huit pièces.

COSTUMES

203 — Costumes d'hommes, de femmes, coiffures, ornements, meubles et décorations d'appartements. Trente-six pièces gravées par Duhamel, et publiées avec texte dans le : *Magasin des modes nouvelles Françaises et Anglaises*, de 1787 à 1789. 2 vol. in 8°. Demi-rel, veau.

204 — Costumes Parisiens. 1115 pièces :

1800, 43 pièces ;	1807, 27 pièces ;	1815, 72 pièces ;
1801, 58 —	1808, 12 —	1816, 83 —
1802, 64 —	1809, 17 —	1817, 84 —
1803, 66 —	1811, 27 —	1818, 78 —
1804, 23 —	1812, 68 —	1819, 42 —
1805, 80 —	1813, 82 —	1823, 48 —
1806, 63 —	1814, 78 —	

Suite rare à rencontrer aussi nombreuse.

205 — Costumes Parisiens, publiés de 1786 à 1833. Deux mille onze pièces, Rares.

206 — Costumes Parisiens, années 1811, 1812 et 1813. Deux cent vingt pièces reliées en 1 vol. in-8°, cartonné.

207 — The fashions of London et Paris. During the years, 1798, 1799 et 1800. Deux cent dix-sept pièces reliées en 1 vol, in-8°, demi-rel. veau.

208 — *Modes de Paris*. 1824 à 1835. *Neuf cent soixante dix neuf pièces.*

209 — La Mode. 1829 à 1845. Six cent quarante-sept pièces.

210 — Le Follet. 1831 à 1843. Neuf cent trente-huit pièces.

211 — Modes Parisiennes. 1844 à 1874. Mille six cent quatre-vingt-six pièces.

212 — Le Moniteur de la Mode. 1843 à 1864. Neuf cent trois pièces.

213 — Modes de Paris. Petit courrier des Dames. Années 1859 et 1865 à 1868. Deux cent quatre-vingt-onze pièces.

COSTUMES

214 — Un lot de pièces détachées des numéros précédents.

215 — Costumes Anglais. Douze pièces en couleur.

216 — Gardes de la ville de Paris, en 1770. Quarante-trois pièces.

217 — Costumes militaires. Trente-sept pièces : gravures et lithographies.

218 — Costumes militaires, Époque du règne de Louis-Philippe. Sept pièces.

219 — Costumes militaires, d'après Philippoteaux et Bellangé. Quatre-vingt-sept pièces.

220 — Costumes militaires de l'Empire et de la Restauration. Quatre-vingt-six pièces.

221 — Costumes militaires étrangers. Quinze pièces.

222 — Costumes militaires anciens. Vingt-cinq pièces.

223 — Costumes militaires et caricatures. Onze pièces en couleur, par Dubucourt, Gatine, Blanchard, etc. Très belles épreuves.

224 — Sous ce numéro, il sera vendu un fort lot de costumes de 1820 à 1840 de la suite de la Mésengère.

COSWAY (d'après R.)

225 — Mrs Tickell, par John Condé. Très belle épreuve, marge.

226 — *D'Éon de Beaumont* (Mademoiselle la Chevalière), par Th. Chambars, in-8° en couleur. Très belle épreuve.

227 — Le même portrait. Superbe épreuve avant la lettre, imprimée en bistre, marge.

COURTIN (d'après J.)

228 — L'Amant complaisant, par M. Aubert. Très belle épreuve, grandes marges.

COURTIN ET **RAOUX** (d'après)

229 — *Ce petit Ecureuil est la parfaite image, — En vain Cloris affecte un air simple et modeste.* Deux pièces gravées par J.-B. de Poilly. Belles épreuves.

COURTOIS (J. dit le Bourguignon)

230 — Scènes militaires. Suite de huit pièces (R. D. 1 à 8). Très belles épreuves.

COUSINS (S.)

231 — Master Lambton, d'après Th. Lawrence, in-folio en manière noire. Très belle épreuve.

232 — Grosvenor (Elisabeth, comtesse de), d'après Lawrence. Très belle épreuve.

COUTELLIER (F.)

233 — Madame Du Gazon, de la comédie italienne, en couleur. Très belle épreuve.

234 — *Louis XVI*, roi de France, in-folio. Très belle épreuve, marge.

COYPEL (d'après Ch.)

235 — Les Aventures de Don Quichotte. Vingt-deux pièces gravées par Surugue, Poilly, Beauvais, Silvestre, Ravenel, Cochin, Joullain, Tardieu et Lépicié. Très belles épreuves. Grandes marges.

236 — Danaë et Jupiter en pluie d'or, par Desplaces. Très belle épreuve avant toutes lettres.

237 — La Diseuse de bonne aventure. Pièce gravée à l'eau-forte.

238 — Madame de *** en habit de bal, par Surugue. Très belle épreuve.

CRÉPY (Chez)

239 — Première Vue des environs de Chantilly, — Deuxième Vue des environs de Chantilly. Quatre épreuves de ces deux pièces, dont deux imprimées en bistre et les deux autres à l'eau-forte.

DANIELL

240 — To Corge dance esquire, ra architecte to the city of London, etc. These six views of the metropolis of the British Empire are respectfully dedicated, by William Daniell. Très belles épreuves en couleur, le titre en noir.

DANZEL

241 — Le Gâteau des Rois, d'après G. Vantilberg. Très belle épreuve avant toutes lettres, marge.

DAULLÉ ET RAVENET

242 — *Lavergne* (Mademoiselle), nièce de M. Liotard, d'après J.-E. Liotard. Très belle épreuve d'un portrait très rare.

DAULLÉ (J.)

243 — Jupiter, sous la forme de Diane, amoureux de Calisto, d'après Le Poussin. Très belle épreuve, marge.

DAUMONT (Chez)

244 — Bourse ou Loge des Changes à Lyon. Très belle épreuve.

DAYES (d'après Ed.)

245 — An Airing in Hyde Park, — The Promenade in St-James's Park. Deux pièces faisant pendants gravées par Soiron et Gaugain. Superbes épreuves, très rares.

246 — La Procession royale sortant de Saint-Paul, à Londres, le jour de la fête de Saint-Georges, en 1789, par Neale. Très belle épreuve.

DEBUCOURT (P.-L.)

247 — Le Menuet de la Mariée, — la Noce au château. Deux pièces en couleur, faisant pendants. Très belles épreuves, rares.

DEBUBOURT (P.-L.)

248 — L'Escalade ou les Adieux du matin, — Heur et Malheur, ou la Cruche cassée. Deux pièces en couleur faisant pendants. Très belles épreuves; une est remargée.

249 — Les Deux baisers. Superbe épreuve, remargée.

250 — Les Bouquets ou la Fête de la Grand'maman, — Le Compliment ou la Matinée du jour de l'An. Deux pièces faisant pendants, en couleur. Superbes épreuves.

251 — Le Compliment ou la Matinée du jour de l'an 1787. Superbe épreuve en couleur, marge.

252 — Almanach national, 1791, dédié aux amis de la Constitution. Très belle épreuve du premier tirage, avec le portrait de Louis XVI, au milieu du haut de l'encadrement. En couleur.

253 — La Promenade publique, 1792. Très belle épreuve, en couleur, encadrée.

254 — La Rose mal défendue. Très belle épreuve en couleur, marge.

255 — Les Courses du matin ou la Porte d'un riche, 1805. Superbe et rare épreuve en couleur, grandes marges.

256 — Le Gourmand. Petite pièce de forme ronde. Belle épreuve.

257 — Suite complète d'un frontispice et huit figures dessinés et gravés en couleur par Debucourt, pour Héro et Léandre. Superbes épreuves, marges.

258 — Avant la course, d'après C. Vernet, en couleur. Superbe et très rare épreuve avant toutes lettres.

259 — Fin de la course, d'après C. Vernet, en couleur. Superbe et très rare épreuve avant la lettre.

260 — Calèche à quatre chevaux, d'après C. Vernet, en couleur. Superbe et très rare épreuve avant toutes lettres.

DEBUCOURT (P.-L.)

261 — La Calèche, d'après C. Vernet. Superbe épreuve.

262 — Le Chiffonnier, d'après C. Vernet. Très belle épreuve.

263 — Anglais en habit habillé, d'après C. Vernet, en couleur. Belle épreuve.

264 — Retour des champs, d'après C. Vernet, en couleur. Très belle épreuve, marge.

265 — Ligne, d'après de Martrait, en couleur. Belle épreuve.

DE LAUNAY (N.)

266 — Expérience faite à Versailles en présence de leurs majestés et de la famille royale, par M. de Montgolfier, le 19 sept. 1783, — Premier voyage aérien en présence de Mgr le dauphin, le 21 novembre 1783. Deux pièces.

DEMARCENAY DE GHUY

267 — L'Œuvre de de Marcenay, en 60 planches, portraits, sujets et paysages gravés à l'eau-forte. Superbes et anciennes épreuves, plusieurs sont avant la lettre.

DEMARTEAU

268 — La Sultane, d'après Courtois, à la sanguine. Très belle épreuve, marge.

269 — Jeune femme en buste jouant avec un chien, gravé à lasanguine, d'après Boucher. Très belle épreuve.

DEMONCHY

270 — L'Amant dangereux, d'après B. Lang. Très belle épreuve, marge.

271 — La Bergère couronnée, d'après B. Lang, en couleur. Belle épreuve, marge.

DESCOURTIS

272 — F. S. Wilhelmine de Prusse, princesse d'Orange et de Nassau, d'après Hentzi, in-fol., en couleur. Superbe épreuve avec marge, rare.

273 — Intérieur d'un cloître de religieux, — Intérieur d'un cloître de religieuses. Deux pièces faisant pendants, en couleur. Très belles épreuves, marges.

DESFRICHES

274 — Paysage gravé à l'eau-forte. Belle épreuve.

DESRAIS (C.-L.)

275 — Dans un intérieur de salon, un jeune homme et une jeune femme assis sur un canapé s'entretiennent de propos galants. Très jolie pièce à l'état d'eau-forte, signée au bas de la gauche : C. L. Desrais, del 1781. Rare.

DESRAIS (d'après C.-L.)

276 — Le Bouquet dangereux, par L. S. Berthet. Belle épreuve.

277 — La Chute favorable, par Deny. Belle épreuve, marge.

278 — Cahier de costumes français. Septième suite de coëffures à la mode, en 1780. Cinq pièces. Très belles épreuves, marges.

279 — *Viala* (Agricola), gravé en couleur, par Piton, in-4. Superbe épreuve, toutes marges.

DESRAIS (d'après ?)

280 — Avant, après, comme on fait son lit on se couche, — Ce que j'étais, ce que je suis, ce que devrais être. Deux pièces faisant pendants. Très belles épreuves, rares.

DESROCHERS

281 — Collection de portraits de personnages célèbres, publiés par Desrochers. Deux cent soixante-douze pièces.

DESSENNE (d'après)

282 — La Reine de France dans sa dernière prison, par Forssell, in-8°. Deux épreuves dont une à l'état d'eau-forte.

DESTOUCHES (d'après)

283 — Jeune femme assise sur une fenêtre, gravé par Ruhierre. Epreuve à l'état d'eau-forte.

DIACRE

284 — Les Elements, suite de quatre pièces en largeur. Très belles épreuves, marges.

DIVERS

285 — Troupes régulières, chasseur à cheval de la Roche-Jaquelin, Général Baron de Bois-d'Aisy, commandant de Lyon. Pièce rare gravée au pointillé.

286 — Compositions diverses par Cochin, Duplessis-Bertaux, Tiepolo, Canaletti, etc.. Dix-huit pièces.

287 — Vues et paysages. Trente et une pièces, en partie avant la lettre ou à l'eau-forte.

288 — Paysages, par Duflos, Bemel, Gruyl, Swilde et Israël Silvestre. Quinze pièces.

289 — Le Jugement dernier, — Costume de l'époque Louis XIV, par de Saint-Jean, — Portraits et sujets divers. Dix pièces.

290 — Vingt pièces relatives à la Révolution française. Belles épreuves.

291 — Dumourier, Colbert, Louvois, Piccini, Sacchini, etc.. Quarante-neuf pièces.

292 — Portraits divers, gravés par Audouin, Drevet, Nanteuil, Moitte, etc.. Huit portraits in-fol.

293 -- Sœur Marthe *Biget*, — Monsieur le duc d'Orléans, — Louis XVIII, — Madame du Chastelet. Quatre portraits.

DIVERS

294 — Louis XVIII, — Le Duc et la Duchesse d'Angoulême, — Marie-Louise, — La Fontaine, — Boileau, et portraits de peintres hollandais. Quatorze pièces.

295 — Louis XV, — Le comte de Forbin, — Charles IX, — Le général Gates, — J. C. André de Saint-Marc, —Lavater, — Louis XIV, — Voltaire, — Henri IV, — Pierre le Grand, — Charles XII. Quatorze portraits in-8° et in-4°. Belles épreuves.

296 — Portraits tirés de la galerie française de Restout. Dix-huit pièces.

297 — Madame de Montespan, — Mme de Maintenon, — Mme de Lavallière, — Catherine II, — Mme de Sévigné, — Mme Elisabeth, — Marie-Antoinette, — MM. Fitzherbert, etc... Seize pièces.

298 — Latude, — J. Barra, — W. Pitt, — Colbert, — Necker, — Gédéon, — baron de Loudon, etc.. Seize pièces.

299 — Colardeau, — Diderot, — J. P. Marat, — P. Corneille, — Raynal, — Miger, — Voltaire, — d'Alembert, — Beaumarchais. — J,-J. Rousseau, — Piron, — Mirabeau, etc.. Dix-sept portraits in-8° et in-4°.

300 — Portraits d'acteurs et d'actrices anciens et modernes. Soixante-six pièces gravées et lithographies.

301 — Jeanne d'Arc, — Gabrielle d'Estrées, — Catherine de Bourbon, — la marquise de Verneuil, — Caroline Walter, etc. Onze portraits in-8° et in-fol.

302 — A. Le Couvreur, — la comtesse de La Motte, — Mlle de La Tour, — Mme de Genlis, — Mme de Sévigné, — Ninon de Lenclos, — Mme de Montespan, — la comtesse du Barry, etc.. Trente-trois pièces.

303 — Portraits de Louis XVI et de la famille royale. Vingt-sept portraits in-8° et in-4°, par divers graveurs dont plusieurs très rares.

DIVERS

304 — Portrait de la reine Marie-Antoinette. Onze portraits par divers graveurs.

305 — Portrait de la reine Marie-Antoinette, gravé par Roger. Sept épreuves sur chine.

306 — Portraits divers, en partie de l'époque de la Révolution. Quatre vingt-cinq pièces.

DREVET (P.)

307 — *Le Couvreur* (Adrienne), d'après Coypel, in-fol. Belle épreuve, marge.

DROUAIS (d'après)

308 — Le comte d'Artois, enfant et Mme Clotilde, sa sœur, montée sur une chèvre, par Beauvarlet. Très belle épreuve, marge.

309 — Les enfants du roi de Sardaigne, par Melini. Belle épreuve.

DUCLOS (d'après A.-J.)

310 — Le Bouquet déchiré, — Le Délire. Deux pièces faisant pendants, gravées par Deny. Superbes épreuves avec marges, très rares.

DUHAMEL

311 — Modèles de chapeaux. Neuf sujets sur deux feuilles, en couleur.

DUPIN (P.)

312 — La Jeunesse indifférente, d'après de La Hire. Très belle épreuve, marge.

313 — *Marie-Antoinette*, reine de France, d'après Vanloo, in-folio. Très belle épreuve.

DUPLESSIS-BERTAUX ET PRIEUR

314 — Sujets tirés des tableaux de la Révolution, trente-six pièces. Très rares épreuves à l'état d'eau-forte.

315 — Trente-deux pièces de la même collection. Très belles et rares épreuves avant la lettre, grandes marges.

316 — Cent cinquante-deux pièces de la même collection. Très belles épreuves.

DUPLESSIS-BERTAUX, MEUNIER ET LESPINASSE

317 — Gravures tirées des tableaux de la Révolution et de la Description de la France de De Laborde. Dix-sept pièces avant la lettre ou eaux-fortes.

DURER (ALBERT)

318 — Saint Georges à pied, — Les Offres d'amour, — Le Petit Cheval. Trois pièces.

EARLOM (R.)

319 — Vue de l'Académie royale des Arts à Londres, d'après Zoffani. Très belle épreuve.

EARLOM (R.)

319 *bis* — La Forge, d'après Wrigt. Très belle épreuve avant la lettre.

320 — Una, d'après B. West. Superbe épreuve.

ÉCOLE FRANÇAISE DU XVIIIe SIÈCLE

321 — Frontispice avec armoiries, en haut, Un Évêque adorant la Vierge. Très rare épreuve avant toutes lettres, à l'état d'eau-forte.

322 — La Coquette et la Dévote, pièce gravée à l'eau-forte. Superbe épreuve, marge.

ÉCOLE FRANÇAISE DU XVIIIe SIÈCLE

323 — Un Roi assis sur son trône, entouré de figures allégoriques. Pièce rare, avant toutes lettres, à l'état d'eau-forte.

324 — Jeune Femme en buste, un voile sur la tête, en couleur. Belle épreuve.

325 — La Diseuse de bonne aventure. Pièce de forme ovale, avant toutes lettres.

326 — L'Après-midi des Prés-Saint-Gervais, — Le Marchand de Cornes, — Diane au bain avec ses nymphes, — Vénus endormie, etc. Huit pièces par divers graveurs, dont deux avant la lettre et une à l'eau-forte.

327 — Le Marais, — Le Jeune Éveillé, — Le Verrou, — Une Porte de grange, — Paysage. Cinq pièces, d'après Watteau, Mercier, Fragonard, et Ostade.

328 — Apollon et les Muses et autres figures allégoriques ; suite de douze pièces, in-folio, avant toutes lettres. Très belles épreuves, marges.

329 — Vénus et l'Amour, — Saintes Familles, — La Charité, — Jésus mis au tombeau, etc. Onze pièces gravées à l'eau-forte.

330 — Paysages et sujets divers gravés à l'eau-forte, par Fragonard, N.-B. Olivier, Scheneau, Saint-Aubin, Cochin, de La Rue, etc. Seize pièces en partie gravées à l'eau-forte, rares.

331 — Etudes diverses et fleurs imprimées à la sanguine et en noir. Vingt-deux pièces.

332 — Estampes diverses et caricatures, d'après Fragonard, Moreau, Prud'hon, Huet, Bunbury, Rowlandson, Coypel, S. Leclerc, etc. Dix-neuf pièces.

333 — Sous ce numéro, il sera vendu un portefeuille d'estampes diverses, portraits, costumes, etc.

ÉCOLE ANGLAISE

334 — La Chute de cheval. Pièce gravée à la manière noire. Superbe épreuve avant toutes lettres.

335 — Jeune Femme couchée sur un divan, servie par un nègre, in-folio, en manière noire. Superbe épreuve avant la lettre.

336 — The nut brown maid, — Sophia et Olivia, — Adélaïde and Fonrose, — Anna Matilda, etc. Sept pièces gravées par Bartolozzi, Smirke. Très belles épreuves dont deux avant la lettre.

337 — Bachelor's Halls. Suite de six pièces sujets de chasses, en couleur. Très belles épreuves. Rares.

EISEN (d'après Ch.)

338 — La Vertu sous la garde de la Fidélité, — Les Désirs satisfaits. Deux pièces faisant pendants, gravées par A. Le Beau et Patas. Superbes épreuves avant la lettre.

339 — Le Jour, par Patas. Superbe épreuve.

340 — La Nuit, par Patas. Très belle épreuve.

341 — Le Concert mécanique, par de Longueil. Très belle épreuve du premier état, avec le lustre, toutes marges.

342 — La même estampe. Très belle épreuve avec le lustre effacé, toutes marges.

343 — Le Tric-Trac, par J.-P. Le Bas. Très belle épreuve.

344 — Le Bal champêtre, — Le Concert champêtre. Deux pièces gravées par de Longueil. Superbes épreuves avant toutes lettres.

345 — Les Saisons, suite de quatre pièces en largeur, gravées par de Longueil. Superbes épreuves avant toutes lettres.

EISEN (d'après Ch.)

346 — La Jolie Fermière, — La Belle Nourrice, deux pièces faisant pendants, gravées par de Longueil. Très belles épreuves.

347 — Les Plaisirs champêtres, — Les Amusements champêtres. Deux pièces faisant pendants, gravées par de Longueil. Très belles épreuves.

EISEN le père (d'après)

348 — L'Optique, — L'Espièglerie. Deux pièces faisant pendants, gravées par B. L. Henriquez. Belles épreuves.

ESNAULT et **RAPILLY** (A Paris, chez)

349 — Cérémonie du sacre de Louis XVI, le 11 juin 1775. Pièce en largeur, coloriée, marge.

350 — *Du Barry* (Madame la comtesse), in-4°. Très belle épreuve, grande marge.

FENOUIL (d'après)

351 — L'Après-diné (Portrait de Mademoiselle Sallé), par Petit, in-fol. Très belle épreuve, marge.

FICQUET (Et.)

352 — *La Fontaine* (J. de), d'après Rigaud, in-8. Belle épreuve dite au ruisseau blanc.

353 — *L'Arioste*. Epreuve avant toutes lettres.

FRAGONARD (H.)

354 — L'Armoire. Superbe et très rare épreuve avant toutes lettres.

355 — La même estampe. Superbe épreuve avant l'adresse de Naudet, marge.

356 — Le Parc (P. de B. 4). Très belle épreuve.

FRAGONARD (H.)

337 — Quatre Bacchanales (P. de B. 6-9). Très belles épreuves.

338 — Deux Prophètes (13). — Un Ange tenant une palme et une couronne (14), — Pièce emblématique, dite la Conception de la sainte Vierge (16), — Guerrier devant un tribunal (24), — Saint Luc (20). Cinq pièces gravées à l'eau-forte. Très belles épreuves.

359 — Compositions gravées à l'eau-forte d'après Tiepolo. Cinq pièces.

FRAGONARD (d'après H.)

360 — Le Baiser à la dérobée, par N. F. Regnault. Très belle et rare épreuve avant toutes lettres, seulement le nom de Regnault, tracé à la pointe sous le trait carré.

361 — La Bascule, par Beauvarlet. Très belle épreuve.

362 — La Bonne mère, par N. de Launay. Très belle et rare épreuve, à l'état d'eau-forte, avant toutes lettres et avant la bordure.

363 — La Bonne mère, — Le Serment d'amour. Deux pièces faisant pendants, gravées par N. de Launay et J. Mathieu. Très belles épreuves.

364 — La Cachete découverte, par N. de Launay. Très belle épreuve, marge.

365 — La Culbute, gravé en bistre par Charpentier. Très belle épreuve.

366 — Les deux Baisers. Deux pièces faisant pendants, gravées par Marchand. Très belles épreuves.

367 — Dites donc, s'il vous plait, — Le Petit prédicateur, — L'Heureuse fécondité, trois pièces gravées par N. de Launay. Belles épreuves.

FRAGONARD (d'après H.)

368 — L'Éducation fait tout, par N. de Launay. Très belle épreuve avant la dédicace.

369 — La Fontaine d'amour, — Le Songe d'amour. Deux pièces faisant pendants, gravées par N. F. Regnault. Très belles épreuves.

370 — La Fuite à dessein, par C. Macret et J. Couché. Superbe épreuve, toute marge.

371 — La Gimblette, par Bertony. Superbe épreuve avant toutes lettres et avant la draperie, avec des essais de burin dans la marge du bas.

372 — Les Hazards heureux de l'Escarpolette, par N. de Launay. Superbe et rare épreuve avant la dédicace et avec la faute, le mot Escarpolette écrit avec une S., marge.

373 — La même estampe. Superbe épreuve ; elle a toute sa marge et est de la plus grande fraîcheur. Très rare à rencontrer de cette qualité.

374 — L'Innocence inspire la Tendresse, par Voisard. Superbe épreuve avant la dédicace, marge.

375 — Les Pétards, — Les Jets d'eau. Deux pièces faisant pendants, gravées par Auvray. Superbes et très rares épreuves avant la lettre et avant la bordure, non entièrement terminées.

376 — Les mêmes estampes. Superbes épreuves avant les vers et avant les draperies, marges, rares.

377 — Les Sabots, par J. Couché. Très belle épreuve.

378 — La Clochette, par Dambrun.

379 — Le Mari cocu, battu et content. Très rare épreuve, à l'état d'eau-forte, marge.

FRAGONARD ET LAVREINCE (d'après)

380 La Coquette fixée, — Les Sabots. Deux pièces faisant pendants, gravées par J. Couché. Très belles épreuves.

FRAGONARD ET Mlle GERARD (d'après)

381 — Le Premier pas de l'enfance, — L'Enfant chéri. Deux pièces faisant pendants, gravées par Vidal. Belles épreuves.

FRAGONARD, AUBRY ET Mlle GERARD (d'après)

382 — L'Heureuse fécondité, — L'Abus de la crédulité, — Les Regrets mérités. Trois pièces gravées par N. de Launay. Belles épreuves.

FREUDEBERG (d'après S.)

383 — Le Petit jour, par N. de Launay. Superbe et très rare épreuve à l'état d'eau-forte.

384 — La même estampe. Très belle épreuve.

385 — La Complaisance maternelle, par N. de Launay. Très belle épreuve.

386 — La même estampe. Très belle épreuve.

387 — Le Gage de la fidélité, par Voyez le jeune et Mercier. Superbe épreuve, grande marge.

388 — Lison dormoit, par Trière. Superbe épreuve, toute marge.

389 — Le Bain, par Romanet, 1774. Superbe épreuve avant le numéro, marge.

390 — Le Boudoir, par P. Maleuvre 1774. Superbe épreuve avant le numéro.

391 — Les Confidences, par C. L. Lingée, 1774. Superbe épreuve avant le numéro.

392 — Les Confidences, par C. L. Lingée, 1774. Très belle épreuve.

393 — Le Coucher, gravé à l'eau-forte par Duclos et terminé au burin par Bosse. Superbe épreuve avant le numéro.

FREUDEBERG (d'après S.)

394 — L'Evènement au bal, par Duclos et Ingouf. Superbe et très rare épreuve avec la tablette blanche, marge.

395 — La même estampe. Superbe épreuve avant le numéro, marge.

396 — L'Occupation, par Lingée. Superbe épreuve avant le numéro, toute marge.

397 — La même estampe. Superbe épreuve avant le numéro.

398 — La Promenade du matin, par Lingée, 1774. Superbe épreuve avant le numéro, grandes marges.

399 — La Promenade du soir, par Ingouf junior, 1774. Superbe épreuve avant le numéro, grandes marges.

400 — La Soirée d'hiver, par Ingouf junior. Superbe épreuve avant le numéro, marge.

401 — La Toilette, par Voyez l'aîné, 1774. Superbe épreuve avant le numéro, toute marge.

402 — La Visite inattendue, par Voyez l'aîné, 1774. Superbe épreuve avant le numéro.

403 — L'Heureuse union, par Bosse. Superbe et rare épreuve de la planche non encore réduite.

404 — La même estampe. Belle épreuve de la planche réduite portant le titre de : *La Matinée.*

405 — La Matinée, par Ingouf. Bonne épreuve.

406 — La Surprise, par Ingouf. Belle épreuve.

FREUDEBERG (d'après ?)

407 — La Leçon de clavecin, — La Leçon de guitare. Deux charmantes compositions, très intéressantes comme costume et intérieurs, faisant pendants. Très belles épreuves avant toutes lettres, en couleur, très rares.

FRYE

408 — *Charlotte*, reine de la Grande-Bretagne, in-fol. en manière noire. Très belle épreuve.

GAILLARD (R.)

409 — *Beaumont* (Christophe de), archevêque de Paris, d'après J. Chevalier, in-fol. Très belle épreuve.

GARDINER (W.-N.)

410 — The Messiah, d'après Harding, en couleur. Belle épreuve, marge.

GAUTIER (Chez)

411 — Aventure tragique arrivée au bastringue du port au Bled, avec complainte.

GILLOT (d'après Cl.)

412 — *Pan voulant composer une feste Bachique*, par Sarabat. Belle épreuve.

413 — Scènes champêtres. Neuf pièces gravées à l'eau-forte par le comte de Caylus. Superbes épreuves, toutes marges.

GIRARDET

414 — Vue de l'Assemblée du champ de Mai, au moment de de la présentation des drapeaux. Très belle épreuve avant toutes lettres, à l'état d'eau-forte, grandes marges

GONZALÈS (d'après)

415 — Les Premices de l'amour propre, par Macret. Belle épreuve.

GRAVELOT (d'après H.)

416 — Mlle Clairon couronnée par Melpomène, par N. Le Mire. Belle épreuve.

417 — Le Lecteur, par Gaillard. Superbe épreuve, grande marge.

GREEN (V.)

418 — Harrison (Miss), en pied, d'après Kettle, in-fol. en manière noire. Superbe épreuve avant la lettre.

GREUZE (d'après J.-B.)

419 — Portrait d'un jeune homme en buste dans un médaillon, petit in-fol. Superbe épreuve avant toutes lettres, rare.

420 — Jeune fille en buste, tenant un chien dans ses bras, gravé à la manière noire, par Bernard. Superbe épreuve.

421 — Jeune fille tenant un chien dans ses bras, par Ingouf. Très belle épreuve, grande marge.

422 — La Blanchisseuse, par J. Danzel. Superbe épreuve, grandes marges.

423 — Même estampe. Très belle épreuve.

424 — La Cruche cassée, par J. Massard. Superbe épreuve, signée au verso de Greuze et Massard.

425 — Les Enfans surpris, par Elluin. Très belle épreuve.

426 — L'Oiseau mort, — Le Tendre désir. Deux pièces gravées par Flipart et C. Belles épreuves.

427 — L'Oiseau mort, par J. J. Flipart. Superbe épreuve, marge.

428 — Le Tendre désir, par C. Superbe épreuve, grande marge.

429 — La Paresseuse, par P. E. Moitte. Superbe épreuve avant la lettre.

430 — Le Petit frère, par Lucien, à la sanguine. Belle épreuve.

431 — La Petite fille au Chien, par Porporati. Belle épreuve.

432 — La Petite fille au Capucin, par Ingouf. Très belle épreuve.

GREUZE (d'après J.-B.)

433 — Les Premières leçons de l'Amour, par Voyez l'aîné. Très belle épreuve.

434 — La Rêveuse, par Ingouf le jeune. Superbe épreuve, marge.

435 — Le Tendre désir, par C... Superbe épreuve avant toutes lettres, rare.

436 — La Tricoteuse endormie, par Claude Donat Jardinir. Très rare épreuve avant toutes lettres, non entièrement terminée.

437 — Premier Cahier de têtes de différens caractères. Suite de six pièces gravées par Ingouf. Très belles épreuves, marges.

GUELARD (J.)

438 — Le Doyen des maîtres peintres, d'après J. J. Spœle. Belle épreuve, marge.

GUELARD (d'après G.)

439 — Réunion d'artistes ou la Dansomanie, — Les Extrêmes se touchent ou le pas Russe. Deux pièces gravées en couleur, par Gatine. Belles épreuves.

GUERIN (J.)

440 — *Kleber*, — Alexandre *Beauharnais*, — *Barnave*. Trois portraits in-8. Belles épreuves, marges.

GUYOT

441 — Fête à l'Être suprême. Petite pièce en couleur, avant toutes lettres, rare.

HAID (J.-G.)

442 — La Fille appliquée à écrire, d'après Rembrandt. Très belle épreuve.

HARRIET (d'après F.-J.)

443 — Le Thé parisien. Suprême bon ton au commencement du XIXe siècle. Superbe épreuve en couleur, marge.

HENRIQUEZ (B.-L.)

444 — Louis XVI, roi de France, d'après Boze, in-fol. Très belle épreuve.

445 — *Diderot.* (D.) d'après L. M. Vanloo, in-fol. Très belle épreuve, marge.

HERRING (d'après J.-F.)

446 — Miss Letty, — Ghuznee. Chevaux de courses anglais de 1837 et 1841, gravés par Hunt. Deux pièces faisant pendants, en couleur, marges.

HERSENT

447 — Suite de dix lithographies in-4, pour les contes de La Fontaine. Belles épreuves, marges.

HILAIRE (d'après)

448 — L'Esclave heureux, par J. Mathieu, Superbe épreuve avant toutes lettres et avant la draperie.

HOFFMAN

449 — Costumes militaires, règne de Louis XVI, gravés au trait. Neuf pièces. Belles épreuves avec marges.

HOIN (d'après)

450 — Le Prélude amoureux, — L'Écueil de la sagesse. Deux pièces faisant pendants, gravées par de Monchy. Superbes épreuves, grandes marges.

451 — Les mêmes estampes. Bonnes épreuves.

HUBER

452 — Voltaire à table avec ses amis, (le Père Adam, l'abbé Mauri, d'Alembert, Condorcet, Diderot, et Laharpe); pièce gravée à l'eau-forte. Très belle épreuve imprimée sur papier bleu, rare.

453 — Le Vieux malade de Fernex tel qu'on l'a vu en septembre 1777. Très belle épreuve, rare.

454 — Trente-cinq études de la tête de M. de Voltaire, gravées à l'eau-forte sur une même feuille. Très belle épreuve.

HUBERT

455 — *Marie-Antoinette* reine de France, in-8o. Très belle épreuve.

456 — Honny soit qui mal y voit. Belle épreuve.

HUET (d'après J.-B.)

457 — L'Automne, — le Printemps, — l'Eté, — l'Hiver; suite de quatre pièces gravées aux trois crayons par Demarteau et Liger. Très belles épreuves, rares.

458 — Ce qui est bon à prendre est bon à garder, par A. Chaponnier. Superbe épreuve avant la lettre, toute marge.

459 — La Déclaration, — L'Amant pressant. Deux pièces gravées en couleur, par A. Legrand. Belles épreuves.

460 — L'Oraison de Saint-Julien, conte de La Fontaine; pièce gravée en bistre. Très belle épreuve, sans marge.

461 — Le Chien Bichon et sa famille, — Le Chat d'Angora et sa famille : deux pièces faisant pendants gravées par Schnitz. Très belles épreuves.

462 — Le Petit cavalier, — Le Coq secouru, — Le Frère donne les Étrennes à sa sœur; trois pièces gravées en couleur par Bonnet. Belles épreuves.

HUET ET LE BEAU

463 — L'Amour curieux, — Convention de Mariage, — Le Mari trompé. Trois pièces en couleur.

HUNT (G.)

464 — Promenade : Winter costume 1824-5 ; pièce curieuse pour les costumes, en couleur. Très belle épreuve, toutes marges.

J. L. A.

465 — Mail Coach, par F. C. L. Belle épreuve, marge.

INGOUF

466 — Portraits de poètes et personnages célèbres. Vingt-trois portraits in-8°. Très belles épreuves, marges.

INCROYABLES

467 — Ah ! quelle antiquité !!! Oh ! quelle folie que la nouveauté... par Chataignier. Très belle épreuve, marge.

468 — Ma chevelure s'en va, c'est très croyable. Belle épreuve, marge.

469 — L'Oracle consulté, par Guyard. Très belle épreuve, marge.

470 — Point de Convention, par Tresca. Belle épreuve, marge.

471 — Les Payables, par Darcis. Très belle épreuve, marge.

472 — La Réponse incroyable, par Gautier. Très belle épreuve, grande marge.

JANINET (F.)

473 — Le Sommeil d'Ariane, — Le Réveil de Vénus. Deux pièces faisant pendants, gravées en couleur d'après Charlier. Superbes et très rares épreuves avant la lettre.

JANINET (F.)

474 — Huit bustes de femmes avec grandes coiffures, représentés sur une même feuille, en couleurs. Très belle épreuve, rare.

475 — Projet de Monument à ériger pour le Roi, d'après de Varennes et Moreau le jeune ; en couleur. Superbe épreuve avant la lettre, ma[illegible].

476 — La Noce de Village, — Le Repas des Moissonneurs. Deux pièces faisant pendants, gravées en couleur d'après P. A. Wille. Belles épreuves.

477 — Jeune Fille debout, d'après Boucher. Belle épreuve avec marge.

478 — Vénus désarmant l'Amour, d'après Charlier, en couleur. Superbe et rare épreuve avant toute lettre.

479 — Frontispice de la suite des vues de Paris. Épreuve du premier état avec le portrait de Louis XVI en haut, en couleur.

480 — Le Nouvelliste, d'après Ostade. Très belle épreuve, en couleur.

481 — Restes du Palais du Pape Jules, d'après H. Robert : en couleur. Belle épreuve.

482 — Principaux événements de la Révolution. Quarante-quatre pièces in-4_o, en hauteur. Très belles épreuves, rares.

483 — Henri IV, — Gabrielle d'Estrées. Deux portraits in-fol. gravés en couleur d'après Porbus. Belles épreuves.

JANINET ET DESCOURTES

484 — Vue du port Saint-Paul prise au bas du parapet, — Vue de la porte Saint-Bernard prise venant de l'Hôpital, Première vue de Paris prise du pont Royal. Trois pièces gravées en couleur d'après de Machy. Très belles épreuves.

485 — Vue de la porte Saint-Bernard prise venant de l'Hôpital, d'après de Machy, en couleur. Très belle épreuve.

JAZET

486 — Bivouac des Cosaques, aux Champs-Elysées, à Paris, le 31 mars 1814, d'après Sauerweid, en couleur. Très belle épreuve.

487 — L'Utile et l'Agréable. En couleur.

JEAURAT

488 — L'Asne portant des reliques. Belle épreuve.

489 — L'Économe, — La Coquette, — La Sçavante, — La Dévote ; suite de quatre pièces gravées par M. Aubert. Superbes épreuves, marges.

490 — La Jeunesse, par Lépicié. Très belle épreuve, marge.

491 — La Jeunesse, par Lépicié. Belle épreuve, marge.

492 — Le Joli Dormir, par Mme Tardieu. Très belle épreuve, marge.

493 — La Place Maubert, par Aliamet. Très belle épreuve, marge.

494 — Le Repos de Diane, par Charpentier. Belle épreuve.

JULIEN (d'après)

495 — Bonjour, ma mère, par Julien neveu. Belle épreuve.

JULIEN (Simon)

496 — Deux planches d'études faites à Rome en 1764. (P. de B. 7 et 8). Très belles épreuves.

KAUFFMAN (d'après A.)

497 — Jupiter et Calisto, — Ariane abandonnée, — Achille découvert à la cour de Lycomèdes, — Constantin, — Achille apprenant la mort de Patrocle, etc. Six pièces gravées en couleur par divers graveurs. Belles épreuves.

498 — Héloïse et Abélard, gravé en couleur par Parisé. Belle épreuve.

LABROUSSE

499 — Faste du peuple français publiées en l'an IV de la république française. Cent dix pièces.

LAFONTAINE (Illustrations pour les contes de)

500 — *Anonyme*. Le Diable de Papefiguière, in-fol. en hauteur. Superbe épreuve, très rare.

501 — *Boucher*. Le Calandrier des vieillards, par de Larmessin. Superbe épreuve avant l'adresse de Buldet, toute marge.

502 — La Courtisane amoureuse, par de Larmessin. Superbe épreuve avant l'adresse de Buldet, grande marge.

503 — Le Fleuve Scamandre, par de Larmessin. Superbe épreuve avant l'adresse de Buldet, grande marge.

504 — Le Magnifique, par de Larmessin. Superbe épreuve avant l'adresse de Buldet, marge.

505 — *Challe*. (d'après) Le Bât, par Lindor de Toulouse. Superbe épreuve, toutes marges.

506 — Le Gascon puni, par Lindor de Toulouse. Très belle épreuve.

507 — Coypel (d'après Ch.) La Matrone d'Ephèse, par L. Desplaces. Superbe épreuve, grande marges.

508 — *Eisen* (d'après Ch.) Le Cas de conscience, par Tardieu. Très belle épreuve, marge.

509 — La Gageure des trois commères, par Tardieu. Très belle épreuve, marge.

510 — Le Gascon, par Tardieu. Superbe épreuve, marge.

511 — *Lancret* (d'après N.). A femme avare galant escroc, par de Larmessin. Superbe et rare épreuve du premier état, avec le nom de Schmidt comme graveur.

512 — La même estampe. Superbe épreuve avant l'adresse de Buldet, toutes marges.

LAFONTAINE (Illustrations pour les contes de)

513 — Lancret (d'après N.). Les Deux amis, par de Larmessin Superbe épreuve avant l'adresse de Buldet, grande marge.

514 — Le Faucon, par de Larmessin. Très belle et rare épreuve du premier état, avec le nom de Schmidt comme graveur.

515 — Le Gascon puni, par de Larmessin. Superbe épreuve avant l'adresse de Buldet, marge.

516 — Nicaise, par de Larmessin. Très rare épreuve du premier état, avec le nom de Schmidt comme graveur.

517 — Les Oies de frère Philippe, par de Larmessin. Superbe épreuve avant l'adresse de Buldet, marge.

518 — On ne s'avise jamais de tout, par de Larmessin. Superbe épreuve avant l'adresse de Buldet, grande marge.

519 — Le Petit chien qui secoue de l'argent et des pierreries, par de Larmessin. Superbe épreuve avant l'adresse de Buldet, marge.

520 — La Servante justifiée, par de Larmessin. Superbe épreuve avant l'adresse de Buldet, marge.

521 — Les Troqueurs, par de Larmessin. Superbe épreuve avant l'adresse de Buldet, grande marge.

522 — *Laurin* (d'après). L'Anneau de Hans Carvel, par Aveline. Très belle épreuve.

523 — La Chose impossible, par Sornique. Très belle épreuve.

524 — *Legrand* (Aug.). Le Bât. Superbe épreuve, marge.

525 — Le Rossignol. Superbe épreuve, marge.

526 — *Le Mesle* (d'après). La Clochette, par Filllœul. Belle épreuve.

527 — Le Cuvier, par Fillœul. Très belle épreuve.

528 — *Paterre* (d'après). Les Aveux indiscrets, par Fillœul. Très belle épreuve avec l'adresse du graveur.

LAFONTAINE (Illustrations pour les contes de)

529 — Paterre (d'après). Le Baiser donné, par Fillœul. Superbe épreuve avec l'adresse du graveur, marge.

530 — Le Baiser rendu, par Fillœul. Superbe épreuve avant l'adresse de Buldet, marges.

531 — Le Cocu battu et content, par Fillœul. Superbe épreuve avec l'adresse du graveur, marge.

532 — La Courtisanne amoureuse, par Fillœul. Superbe épreuve avant l'adresse de Buldet, grande marge.

533 — Le Glouton, par Fillœul. Superbe épreuve avant l'adresse de Buldet, marge.

534 — La Matrone d'Ephèse, par Fillœul. Très belle épreuve, rare.

535 — Le Savetier, par Fillœul. Superbe épreuve avant l'adresse de Buldet, grande marge.

536 — *Vleughels* (d'après). Frère Luce, par de Larmessin. Superbe épreuve avant l'adresse de Buldet, marge.

537 — Le Villageois qui cherche son veau, par de Larmessin. Superbe épreuve avant l'adresse de Buldet, marge.

LAGRENÉE (d'après L.)

538 — La Peinture chérie des Grâces, par Dennel. Très belle épreuve, marge.

LA JOUE (d'après J.)

539 — L'Optique, — L'Histoire, — La Sculpture, — La Peinture, — La Botanique, — L'Astronomie; suite de six pièces gravées par C. N. Cochin. Superbes épreuves, grandes marges.

LALIVE DE JULLY

540 — Vue et perpective du château de la Chevrette, d'après Dupin de Franqueil. Très belle épreuve, marge.

Eug. LAMI et H. MONNIER

541 — Voyage en Angleterre. Suite de 24 planches coloriées, avec texte, en livraisons.

LANCRET (d'après N.)

542 — Les Amours du bocage, par N. de Larmessin. Belle épreuve.

543 — L'Automne, — L'Hyver, — Le Printemps; trois pièces gravées par de Larmessin. Belles épreuves, marges.

544 — Les Charmes de la conversation, par Petit. Belle épreuve, marge.

545 — La Belle grecque, — Le Turc amoureux; deux pièces gravées par G. F. Schmidt. Très belles épreuves, marges.

546 — Le Glorieux, — Le Philosophe marié. Deux pièces faisant pendants, gravées par C. et N. Dupuis. Superbes épreuves.

547 — Le Jeu du Colin-Maillard, par C. N. Cochin. Très rare épreuve à l'état d'eau-forte.

548 — Le Matin, par de Larmessin. Très belle épreuve.

549 — Nicaise, — Les Remois, — Le Gascon puni; trois pièces gravées par de Larmessin. Très belles épreuves avant l'adresse de Buldet.

550 — L'Occasion fortunée, par G. Scotin. Très belle épreuve, marge.

551 — *Par une tendre chansonnette.* — *Dans cette aimable solitude;* deux pièces gravées par Crépy. Très belles épreuves, marges.

552 — Les quatre Ages de la vie, suite de quatre pièces en largeur, gravées par de Larmessin. Superbes épreuves, grandes marges. La Vieillesse, seule pièce de la suite où il y ait des différences, est du premier état.

553 — Récréation champêtre, par Joullain. Très belle épreuve.

LANCRET (d'après N.)

554 — *Veux-tu d'une inhumaine emporter la tendresse*, par S. Silvestre. Belle épreuve.

LANDSEER (J.)

555 — Musiciens célèbres, représentés sur une même feuille, d'après de Loutherbourg. Très belle épreuve.

LANTÉ (d'après)

556 — Merveilleuses, — Costumes de divers pays, — Costumes normands, — Les métiers de Paris, etc. Trente-trois pièces gravées par Gatine.

LAVREINCE (d'après N.)

557 — Ah! laisse-moi donc voir, par Janinet, en couleur (E. B. 2.). Superbe épreuve, marge.

558 — L'Aveu difficile, par F. Janinet (8). Superbe épreuve, en couleur.

559 — La Balançoire mistérieuse, par Vidal (9). Superbe épreuve avec le mot gravé, écrit Gravée.

560 — La même estampe. Très belle épreuve du même état.

561 — Le Billet doux, — Qu'en dit l'Abbé? Deux pièces faisant pendants, gravées par N. de Launay (10 et 51). Superbes épreuves, grandes marges.

562 — Les mêmes estampes. Superbes épreuves.

563 — La Comparaison, par Janinet (12). Superbe épreuve, en couleur.

564 — Le Coucher des ouvrières en modes, — Le Lever des ouvrières en modes. Deux pièces faisant pendants, gravées par Dequevauviller. Très belles épreuves.

565 — Le Lever des ouvrières en modes. Réduction in-4°, imprimée en bistre. Très belle épreuve, rare.

LAVREINCE (d'après N.)

566 — Le Joli petit serin, par Mixelle, en couleur. Superbe épreuve, rare.

567 — La Marchande à la toilette, — La Soubrette confidente. Deux pièces faisant pendants, gravées par Vidal. Superbes épreuves, marges.

568 — Qu'en dit l'Abbé, par N. de Launay (51). Superbe épreuve. Une déchirure habillement raccommodée.

569 — Le Repentir tardif, par Le Vilain (52). Superbe épreuve, toutes marges.

570 — Le Restaurant, par Deny (53). Superbe épreuve, marge.

571 — Le Retour trop précipité, par J.-B. Pierron (54). Superbe épreuve avant la dédicace.

572 — La même estampe. Superbe épreuve, marge.

573 — Les soins mérités, par De Launay le jeune (60). Superbe épreuve, grandes marges.

574 — La Soubrette confidente, par G. Vidal (61) Très belle épreuve.

575 — Le Séducteur (E. B. 7 des pièces attribuées à Lavreince). superbe épreuve à l'état d'eau-forte, grandes marges.

LAVREINCE (d'après N. ?)

576 — La Soirée du Palais-Royal, par Caquet. Superbe épreuve.

LE BARBIER (d'après)

577 — La Deffense inutile, par Née. Vignette in-8° pour les chansons de La Borde. Très rare épreuve avant toutes lettres, à l'état d'eau-forte.

578 — Le Mari dupe et content, — La Prudence en défaut. Deux pièces faisant pendants, gravées par Patas. Très belles épreuves, marges.

LE BARBIER (d'après

579 — Intérieur d'un bain Turc, par De Launay. Très rare épreuve avant toutes lettres, à l'état d'eau-forte, marge.

580 — La même estampe. Très belle épreuve avant la lettre.

LE BEAU

581 — Marie-Antoinette, archiduchesse d'Autriche, reine de France, représentée en pied et grand costume de cour, d'après Le Clerc, in-fol. Superbe épreuve, toutes marges.

582 — *Marie-Antoinette*, — *Mlle Dutey*. Deux portraits in-8. Belles épreuves.

583 — *Marie-Thérèse*, impératrice d'Autriche, in-8. Très belle épreuve.

LE BRUN (d'après)

584 — La Liberté perdue ou l'Amour couronné, par Dambrun. Très belle épreuve.

LECLERC (Sébastien.)

585 — Nouveau livre de Paysages, — Divers dessins de figures. Deux suites. Vingt-deux pièces.

LECLERC (d'après)

586 — Le bon Logis, — A beau cacher. Deux pièces gravées à la sanguine, par Bonnet. Très belles épreuves.

587 — Le Jeu de Dames, — Le Jeu de Domino. Deux pièces faisant pendants, gravées à la sanguine par Bonnet. Belle épreuve.

LEFÈVRE (A.)

588 — Décadaire des hommes célèbres ; pièce curieuse et intéressante, gravée à la manière noire. Très belle épreuve, rare.

LEGOUX (L.)

589 — *Marie-Antoinette* d'Autriche, reine de France, d'après la marquise de Lezay Marnesia, in-8. Très belle épreuve, marge.

LEGRAND (Aug.)

590 — Le Bonjour, — La Prière. Deux pièces faisant pendants, en couleur. Belles épreuves.

591 — Le Bat, — Le Rossignol. Deux pièces.

LE MIRE (N.)

592 — Portrait en pied du général Washington, d'après le Paon. In-fol. Très belle épreuve avant la lettre.

593 — *Poullain de Saint-Foix.* D'après Pougin de Saint-Aubin et Marillier. In-8. Belle épreuve.

LEPEINTRE (d'après)

594 — La Cage symbolique, par Fessard. Superbe épreuve avant la dédicace.

595 — Le Danger de la bascule, — La Tricherie reconnue ; deux pièces faisant pendants, gravées par de Monchy. Superbes épreuves, grandes marges.

596 — Le duc de Chartres, sa femme et ses enfants, par Aug. de Saint-Aubin et H. Helman, 1779. Très belle épreuve avant la lettre.

LEPRINCE (d'après J.-B.)

597 — La Précaution inutile, par Helman. Très rare épreuve avant toutes lettres, à l'état d'eau-forte.

598 — Les Filets, — La Ferme, — La Pompe, — La Cascade. Quatre pièces imprimées en bistre.

599 — La Récréation champêtre, par Gaillard. Très belle épreuve avant toutes lettres.

LESPINASSE (d'après le Chevalier DE)

600 — Vues de la plaine Saint-Denis, — de Saint-Cyr, — Château de Beaufremont; quatre pièces. Très belles épreuves avant la lettre et à l'eau-forte.

601 — Vue de Paris, les Tuileries et le pont Royal. Épreuve avant toutes lettres, à l'état d'eau-forte.

LEVACHEZ

602 — La Danse des chiens, d'après C. Vernet. Superbe épreuve en couleur, marge.

LEVILLY ET **LEGRAND**

603 — L'Amant poète, — Le Tendre Abandon, deux pièces d'après Boilly et Rousseau. Belles épreuves en couleur.

LINGÉE (Mme)

604 — Mme la Marquise de V... (Villette), d'après Pujos, in-8. Superbe épreuve, toutes marges.

LIOTARD (d'après)

605 — Miss Lewis, — The Toilet; deux pièces in-4, en manière noire. Belles épreuves.

LIPS (H.)

606 — *Marie-Antoinette*, reine de France, in-18. Belle épreuve.

LITTRET

607 — *Rousseau* (J.-J.), d'après de La Tour, in-8. Belle épreuve, marge.

DE LONGUEIL (J.)

608 — Les Dons imprudents, — Le Retour à la vertu; deux pièces faisant pendants, en couleur. Superbes épreuves avec marges.

609 — Vue du décintrement du Pont de Neuilly, fait en présence du Roi, le 22 septembre 1772, d'après J. F. de St-Far. Superbe épreuve avec l'encadrement et avant la réduction de la planche.

MALLET (d'après)

610 — Chit! Chit!..., — Par ici!...; deux pièces faisant pendants, gravées par Copia. Très belles épreuves.

611 — La Frileuse, — Les Cartes, — La Réussite, — La Somnambule; suite de quatre pièces gravées par Cardon et Benoist. Belles épreuves, marges.

612 — Julie ou le premier baiser de l'amour, par Copia. Belle épreuve.

MALLET ET **VANLOO** (d'après)

613 — Le Lever, — Le Coucher. Deux pièces gravées en couleur par Chaponnier.

MARILLIER (d'après)

614 — Pigmalion et Galatée, par Avril. Très belle épreuve.

MARTINET (L. et Th.)

615 — Trois gravures in-4, pour Blaise le Savetier, opéra comique. Très belles épreuves, toutes marges.

616 — Suite complète de six gravures in-4, gravées par Patas et Prevost pour *le Huron*, comédie. Superbes épreuves, toutes marges.

617 — Suite complète de six gravures in-4, gravées par Thérèse Martinet, pour *Isabelle et Gertrude*, comédie. Superbes épreuves, toutes marges.

MARTINET (L. et Th.)

618 — Les Jeux de l'amour; suite de quatre pièces avec vers en bas. Très belles épreuves, marges.

619 — Cinq vignettes pour divers opéras comiques.

619 *bis* — *Deviens plus favorable à des nœuds si charmants.* Belle épreuve.

620 — L'Equilibre perdue. Très belle épreuve.

MARTINET (A Paris, chez)

621 — Les Employés supprimés; pièce en couleur, rare. Très belle épreuve, marge.

622 — Un corps de garde de la Garde Nationale, — Monsieur Pigeon s'étant piqué d'honneur. Deux pièces en couleur.

623 — Soirée du Luxembourg. En couleur.

MARTINI (P.-A.)

624 — The exhibition of the Royal Academy, 1787. — Portraits of Majesty's and the Royal family viewing the exhibition of the Royal Academy, 1788; deux pièces faisant pendants, d'après P. Ramberg. Très belles épreuves, marges.

625 — Coup d'œil exact de l'arrangement des peintures au salon du Louvre, en 1785. Superbe épreuve.

626 — Exposition au salon du Louvre en 1787. Superbe épreuve, marge.

MASQUELIER (L.-J.)

627 — Monument à la gloire du Roi et de la France, d'après Touzé. Très belle épreuve, marge.

MECOU

628 — Marie-Louise, impératrice, d'après Isabey. Très belle épreuve, marge.

MERCIER (d'après)

629 — Les Eléments; suite de quatre pièces, gravées à la manière noire par Houston. Très belles épreuves, marges.

MERCURY (P.)

629 *bis* — Jane Gray, d'après Paul Delaroche. Belle épreuve.

MERELLE (d'après)

630 — Le Désir de charmer, gravé en couleur par Pitou. Belle épreuve.

MIGER (S.-C.)

631 — Marie-Antoinette, reine de France, d'après Boze, in-folio. Superbe épreuve, marge.

MIXELLE (J.-M.)

632 — *Honneur au courage malheureux.* Défilé des prisonniers Autrichiens devant Napoléon, après la paix d'Ulm. Très belle épreuve, en couleur.

MIXELLE ET L'ÉVEILLÉ

633 — Les Noisettes, d'après Morland, — Age d'or, d'après Le Barbier. Deux pièces en couleur.

MONNET (d'après C.)

634 — Les Vœux du Peuple confirmés par la Religion, d'après Monet. Pièce allégorique où la reine Marie-Antoinette et le roi Louis XVI sont représentés en grands costumes au milieu de figures allégoriques. Estampe publiée à l'occasion du sacre du roi, en 1775. Très belle et rare épreuve à l'état d'eau-forte, marge.

635 — Jupiter et Io, par Vidal. Très belle épreuve.

MOREAU (J.-M.)

636 — La Foire de Gonesse; vignette in-8° pour les chansons de La Borde. Superbe épreuve avant la lettre, grandes marges.

637 — Le Ruisseau, vignette in-8° pour les chansons de La Borde. Superbe épreuve avant la lettre.

638 — J.-J. Rousseau herborisant, d'après Mayer. Deux épreuves.

MOREAU (d'après J.-M.)

639 — Au Roi, — A la Reine, deux pièces faisant pendants, gravés par N. Le Mire. Très belles épreuves, une a de la marge.

640 — Couronnement de Voltaire sur le Théatre-Français, le 30 mars 1778, après la sixième représentation d'*Irène*, par Gaucher. Très belle épreuve avec les armes et la dédicace à Madame la marquise de Villette, marge.

641 — Louis XV, — Répertoire de Fontainebleau, gravé par Lempereur. Très rare épreuve avant la lettre.

642 — Frontispice, gravé par Pauquet. Rare épreuve à l'état d'eau-forte, marge.

643 — La Déclaration de la grossesse, par P.-A. Martini, 1776. Superbe épreuve avec les lettres A. P. D. R.

644 — Les Précautions, par P.-A. Martini, 1777. Superbe épreuve avec les lettres A. P. D. R., grande marge.

645 — J'en accepte l'heureux présage, par Ph. Trière. Superbe épreuve avec les lettres A. P. D. R.

646 — N'ayez pas peur, ma bonne amie, par Helman. Belle épreuve avec les lettres A. P. D. R.

647 — N'ayez pas peur, ma bonne amie, par Helman, 1776. Superbe épreuve, remargée.

MOREAU (d'après J.-M.)

648 — C'est un fils, Monsieur, par C. Baquoy, 1776. Superbe épreuve, remargée.

649 — Les Petits parrains, par C. Baquoy et F. Patas, 1777. Superbe épreuve avec les lettres A. P. D. R.

650 — Les Délices de la maternité, par Helman, 1777. Superbe épreuve avec les lettres A. P. D. R.

651 — L'Accord parfait, par Helman, 1777. Superbe épreuve avec les lettres A. P. D. R.

652 — Le Rendez-vous pour Marly, par Guttenberg. Superbe épreuve avec les lettres A. P. D. R.

653 — Le Rendez-vous pour Marly, par Guttenberg. Belle épreuve avec le privilège.

654 — Les Adieux, par de Launay, 1777. Superbe épreuve avec les lettres A. P. D. R.

655 — La Rencontre au bois de Boulogne, par Guttenberg. Superbe épreuve avec les lettres A. P. D. R., grandes marges.

656 — La Dame du palais de la Reine, par P.-A. Martini. Très belle épreuve avec les lettres A. P. D. R.

657 — La même estampe. Superbe épreuve.

658 — Le Lever, par L. Halbou, 1781. Superbe épreuve avec les lettres A. P. D. R.

659 — La Petite toilette, par P.-A. Martini. Superbe épreuve avec les lettres A. P. D. R.

660 — La Course de chevaux, par H. Guttenberg. Superbe épreuve avec les lettres A. P. D. R.

661 — Le Pari gagné, par Camligue. Superbe épreuve, remargée.

MOREAU (d'après J.-M.)

662 — La partie de whist, par J. Dambrun. Très rare épreuve avant toutes lettres. Deux figures sont légèrement coloriées.

663 — La même estampe. Superbe épreuve.

664 — Le Seigneur chez son fermier, par J. L. Delignon, 1783. Superbe épreuve.

665 — La Sortie de l'Opéra, par Malbeste. Très belle épreuve.

666 — Le Souper fin, par Helman, 1781. Superbe épreuve avec les lettres A. P. D. R.

667 — Le Souper fin, par Helman. Belle épreuve.

668 — Le Vrai bonheur, par J.-B. Simonet, 1782. Superbe épreuve.

669 — N'ayez pas peur, ma bonne amie, — Le Rendez-vous pour Marly, — Le Boudoir, d'après Freudeberg. Trois pièces réductions in-8, des mêmes compositions de la suite du costume physique et moral, la première est à l'eau-forte. Belles épreuves, remargées.

670 — Vignettes in-4, par divers graveurs, pour la Henriade et les œuvres de Rousseau. Très belles épreuves avant la lettre. Quatre pièces.

MORLAND (d'après G.)

671 — Children Bird-Nesting, par W. Ward. Très belle épreuve.

672 — Coursing. Deux compositions différentes, faisant pendants, en couleur. Très belles épreuves.

673 — Louisa. Deux compositions faisant pendants, gravées en couleur, par Gaugain. Très belles épreuves.

674 — Louisa, — La Famille du soldat. Deux pièces gravées en couleur, par Rolet et Aug. Legrand. Belles épreuves.

MORLAND (d'après G.)

675 — Le Moraliste, par J.-B. Chapuy, en couleur. Très belle épreuve.

676 — A Tea Garden, — St-James's Park. Deux pièces faisant pendants, gravées en couleur par Soiron. Superbes épreuves, rares.

MORLAND, MONSIAU ET **PRUD'HON** (d'après)

677 — The Elopement, — Mariage samnite ou la Soirée des noces, — l'Amour réduit à la raison ; trois pièces gravées par Copia, Ruotte et Bartoloti. Belles épreuves.

MORRET (J.-B.)

678 — Le Café des Patriotes, d'après Swebach-Desfontaines. Très belle et rare épreuve avec le titre en français et en anglais. Les deux gardes-nationaux, à gauche, sont coiffés de hauts bonnets à poil.

679 — La même estampe. Belle épreuve du deuxième état.

680 — La Culbute imprévue, d'après Carême, en couleur. Superbe épreuve, marge.

MOUCHET (d'après)

681 — L'Illusion, par R. et D. superbe et rare épreuve avant toutes lettres et avant l'entourage.

682 — La Méprise, par Macret et Anselin. Superbe épreuve avant la dédicace.

683 — Le Réveil importun, par L. Darcis. Très belle épreuve marge.

MULLER (J.-G.)

684 — *Mme Vigée-Lebrun*, d'après elle-même, in-folio. Superbe et très rare épreuve avant toutes lettres, avec toute sa marge.

MULLER (J.-J.)

685 — Alexandre vainqueur de soi-même, d'après Flinck. Superbe épreuve avant toutes lettres.

MURPHY (J.)

686 — Titians son and Nurse, d'après Titien, en manière noire.

NANTEUIL

687 — *Le Vayer* (François de La Mothe) R. D. 143. Belle épreuve.

NATOIRE (d'après C.)

688 — Vénus et Énée, par J.-J. Flipart. Deux épreuves, dont une avant toute lettre, non terminée.

689 — Livre d'Académies, gravé par J.-J. Pasquier. Onze pièces.

NATTIER (d'après)

690 — Flore à son lever, par Malœuvre. Très belle épreuve.

691 — La Belle source, par Meliny. Belle épreuve.

NODET

692 — Les Phisionomies du jour, en couleur. Superbe épreuve, marge.

NOEL (A Paris, chez)

693 — Famille Royale. Henri IV, — Louis XVI, — la Reine, Madame et le Dauphin, réprésentés sur une même feuille, in-fol., coloriée. Belle épreuve.

NORMAND (Ch.)

694 — Tableau général de la Révolution française, terminée par celui de la Paix. Très belle épreuve, rare.

OPIZ (G.)

695 — L'Eau, — Le Bureau des nourrices. Deux pièces en couleur. Très belles épreuves, marges.

ORNEMENTS

696 — *Anonyme*. Fonds de plats. Avec sujets mythologiques. Très belles épreuves sans noms d'artistes.

697 — *Boffrand*. Décorations de l'hôtel de Soubise. Quatre pièces.

698 — *Boucher fils* (d'après). Meubles et ornements divers. Cahiers 24, 35, 46, 47, 49, 50, etc. Cinquante-neuf pièces.

699 — Nouveau livre de vases par F. Bo... Sept pièces.

700 — *Delafosse (J.-C)*. Chambranles de cheminées dans le goût antique, cahier X. Quatre pièces, grandes marges.

701 — Trophées, tombeaux, vases antiques, etc. Quarante-neuf pièces.

702 — *Divers*. Ornements par Bellay, Ranson, Cuvillier, Lalonde, etc. Cent deux pièces.

703 — Sous ce numéro il sera vendu un fort lot d'ornements par Roscher, Nilson, Decker, Hertel, Boucher, Ranson, etc.

704 — *Huquier*. Trophées d'attributs divers. Quatre pièces.

705 — *Jacque*. Vases nouveaux composés par M. Jacque, peintre et dessinateur. Six pièces. Belles épreuves, marge.

706 — Suites de décorations de six feuilles, à l'usage des théâtres, panneaux, carrosses. Suite de six pièces imprimées à la sanguine.

707 — *Pillement*. Recueil de différentes fleurs de fantaisie dans le goût chinois, etc. Treize pièces.

OUDRY (J.-B.)

708 — Frontispice, — Le chevreuil forcé, — Le Renard vaincu, — Le Loup aux abois; suite de quatre pièces (R. D. 1 à 4). Très belles épreuves avec l'adresse de Gautrot sur le premier morceau et avant les numéros, marge.

OUDRY (d'après J.-B.)

709 — Le Signe effrayé, — La curée faite ; deux pièces faisant pendants, gravées par J.-P. Le Bas. Superbes épreuves, grandes marges.

710 — Recueil de divers animaux de chasse tiré du cabinet de M. le comte de Tessin, dessiné d'après nature par M. Oudri, peintre du Roi, gravé à l'eau-forte par J.-E. Ren, et terminé au burin par J.-P. Le Bas, suite de douze pièces. Très belles épreuves, marges.

PARELLE (d'après M.-A.)

711 — La Belle jambe, gravé à la sanguine par Gilbert. Très belle épreuve, marge.

PASQUIER (d'après)

712 — La Diseuse de bonne Aventure, gravé en couleur par Morette. Belle épreuve.

PATAS

713 — Avènement de Louis-Auguste XVI et de Marie-Antoinette d'Autriche au trône de France, 10 mai 1774. Belle épreuve.

PATER (d'après)

714 — Les Aveux indiscrets, par Filhœul. Belle épreuve.

PAUQUET ET JOURDAN

715 — Journée mémorable du 20 juin 1792. Très belle épreuve avant toutes lettres, marge.

PEYROTTE (d'après)

716 — Capucin sous la figure d'un singe prêchant devant une assemblée de dindons. Belle épreuve avant la lettre.

PHILLIPS (J.)

717 — Paysage avec figures, d'après James Wales, en couleur. Très belle épreuve, marge.

PICART (B.)

718 — Charles Ier, roi d'Angleterre, décapité à Whitehall, le 20 février 1649, — Marie Stuart, reine d'Écosse décapitée le 8 février 1587, deux pièces faisant pendants. Très belles épreuves, marges.

PICOT (A Londres, chez)

719 — Mars et Vénus, — La Vue, — Le Toucher. Trois pièces en noir et en couleur. Belles épreuves.

PIERRE

720 — Le Savoyard, — La Savoyarde. Deux pièces faisant pendants, gravées par de Larmessin. Très belles épreuves.

PIERRON (J.-A.)

721 — *Marie-Antoinette*, archiduchesse d'Autriche, reine de France, in-fol. Très belle épreuve.

POILLY (J.-B. DE)

722 — Allégories, d'après Le Brun; deux pièces. Rares épreuves avant beaucoup de travaux.

PORPORATI

723 — Le Couché, d'après Vanloo. Très belle épreuve avant toutes lettres.

724 — Garde à vous ! d'après Angelica Kauffmann. Superbe épreuve avant la dédicace.

POUSSIN (d'après St.)

725 — Bal de Saint-Cloud, par Fessard. Très belle épreuve.

PRUD'HON (P.-P.)

726 — L'Enfant au Chien. Épreuve avant toutes lettres.

PRUD'HON (d'après P.-P.)

727 — Abrocome E. Anzia, par Roger. Superbe épreuve du premier état, avant toutes lettres, seulement les noms d'artistes tracés à la pointe, marge.

728 — La Grotte, par B. Roger. Superbe épreuve avant la lettre, les noms d'artistes tracés à la pointe.

729 — Vénus et l'Amour, par Roger ; pièce de forme ovale. Très belle épreuve avant la lettre.

730 — Merlen, graveur sur tous métaux et sur pierres fines, palais du tribunal. Très belle épreuve, rare.

731 — Le Directeur Reveillère, pape des Théophilanthropes, par Prud'hon ; pièce rare. Très belle épreuve, sans marge.

732 — Le Cruel rit des pleurs qu'il fait verser, — La Vengeance de Cérès ; deux pièces gravées par Copia. Belles épreuves, dont une avant la lettre.

733 — L'Étude, gravé par Prud'hon fils. Deux épreuves dont une en couleur.

734 — Innocence et amour, par Pillement. Très rare épreuve à l'état d'eau-forte.

735 — La Justice et la Vengeance divine poursuivant le crime, par P. A. Gelée. Très belle épreuve avant la lettre.

736 — L'Enlèvement de Psyché, par Ch. Muller. Très belle épreuve avant la lettre.

QUEVERDO (d'après L.-M.)

737 — Les Aveux sincères ou les Accords de mariage. — Le Couché de la mariée ; deux pièces gravées par Martini et Patas. Bonnes épreuves.

738 — La Jouissance, par Martini. Très belle épreuve, marge.

739 — Scène de comédie, par Dambrun. Très belle épreuve,

RAMBERG

740 — La Jument du compère Pierre. Très belle épreuve.

RAOUX (d'après J.)

741 — Jeune fille jouant avec un oiseau, par N. Dupuis. Belle épreuve, marge.

742 — The fine Musetioners, par L. Marin, en couleur. Belle épreuve.

REGNAULT (N.-F.)

743 — Ah, s'il s'éveillait. — Dors Dors..; deux pièces faisant pendants, imprimées en bistre. Superbes et très rares épreuves avant toutes lettres.

RÉVOLUTION (Pièces sur la)

744 — Départ de la milice bourgeoise pour Versailles le 5 octobre 1789, dessiné sur le lieu par un amateur distingué, en couleur, rare.

745 — M. Bailly, Maire de Paris, présente au roi les clefs de la ville à la Barrière de la Conférence, le 17 juillet 1789. Très belle épreuve en couleur, grandes marges.

746 — Première attaque et prise de la Bastille, pièce en largeur imprimée en bistre. Très belle épreuve, marge.

747 — Prise de la Bastille, pièce in-fol. en largeur, imprimée en bistre et publiée chez Basset. Très belle épreuve, marge.

748 — Vue de la place de Grève le jour de la prise de la Bastille, par Palloy, Patriote. Pièce en couleur, avec marge, rare.

749 — Plan de la Bastille, in-fol. en couleur, avec légende en bas, gravé en couleur par Chapuy. Très belle épreuve, rare.

750 — Trait de l'histoire de France du 21 au 25 juin 1791, ou la Métamorphose. Très belle épreuve, marge.

RÉVOLUTION (Pièces sur la)

751 — Journée du 10 août, 1792, coloriée.

752 — Louis XVI et sa famille au temple au moment de la séparation, pièce in-fol. en hauteur d'après Hand. Très belle épreuve avant la lettre.

753 — La Poulle d'Autruyche, je digère l'or, l'argent avec facilité, mais la constitution je ne puis l'avaler, pièce rare. Très belle épreuve, marge.

754 — Exécution de Louis Capet XVIe du nom, le 21 janvier 1793. La scène est prise au moment où le bourreau présente la tête du roi au peuple, grande pièce in-fol. en largeur, coloriée. Très rare.

755 — Fin tragique de Marie-Antoinette d'Autriche, reine de France, exécutée le 16 octobre 1793. Belle épreuve.

756 — Louis XVI, Marie-Antoinette, Madame, le Dauphin et Mme Elisabeth, représetés en buste dans un médaillon; en bas, le testament du roi.

757 — Louis XVI et Marie-Antoinette. Deux portraits in-fol. faisant pendants. Très belles épreuves.

758 — Apothéose de Louis XVI, grande pièces en hauteur. Belle épreuve avant toutes lettres, marge.

REYNOLDS (d'après sir J.)

759 — *Amherst* (Sir Jeffery), — *Markham* (W.), archevêque d'York, — *Kingsley* (W). Trois pièces gravées par Smith, Watson et Houston.

760 — *Bartolozzi* (Francis), célèbre graveur, par R. Marcuard, in-fol. Très belle épreuve.

761 — His grace the Duke of Bedford wit his brothers Lord John Russel, Lord Will. Russel et Miss Vernon représentés sur une même feuille, par V. Green. Superbe épreuve.

REYNOLDS (d'après sir J.)

762 — The honorable Miss Bingham, par Bonato. Belle épreuve.

763 — *Braddyll* (Master), par J. Grozer. Très belle épreuve.

764 — *Campden* (Lord), par Haid, in-fol. Superbe épreuve avant la lettre, marge.

765 — *Cardiff* (Lord John), par E. Fisher. Belle épreuve.

766 — *Cavendish* (Lord Richard), par J. R. Smith. Très belle épreuve.

767 — Félina, par J. Collyer. Belle épreuve, marge.

768 — Mrss. Lascelles, par J. Watson, in-fol. Très belle épreuve avant la lettre.

769 — La même estampe. Superbe épreuve avant toutes lettres, marges.

770 — Master *Herbert*, sous la figure de Bacchus, par R. Smith. Très belle épreuve avant la lettre.

771 — *Hope* (Henri), par Hodges. Belle épreuve.

772 — *Horneck* (Miss), par Dunkarton. Très belle épreuve.

773 — Madona col Bambino, par J. R. Smith. Très belle épreuve avant la lettre.

774 — Newson (Th.), évêque de Bristol. Très belle épreuve avant la lettre, marge.

775 — *Northumberland* (Elizabeth, comtesse of), par Houston. Très belle épreuve.

776 — *Tavistock* (le marquis de), par J. Watson. Très belle épreuve avant la lettre.

777 — *Thomas* (le docteur John), évêque de Rochester, par Th. Park. Belle épreuve.

778 — *Waldegrave* (Maria, comtesse de), par J. M. Ardell, in-fol. Très belle épreuve, marge.

REYNOLDS (d'après sir J.)

779 — Portrait d'une jeune femme debout, portant un vase; devant elle, un amour, par J. M. Ardell. Très belle épreuve avant la lettre.

ROMANET (A.)

780 — Le Sommeil d'Erigone, d'après Le Titien. Superbe épreuve avant la lettre.

ROMNEY (d'après G.)

781 — The Spinster, par Cheesman, élève de Bartolozzi, en couleur. Très belle épreuve.

ROWLANDSON

782 — La Place Victoire à Paris; pièce très curieuse, gravée en couleur par J. Alken. Superbe épreuve, très rare.

783 — English Barracks, — French Barracks, — Inn Yard on fire, — A Sudden Squall in Hyde Park; suite de quatre pièces gravées en couleur, par F. Malton, publiées en 1791. Superbes épreuves, très rares.

784 — O Tempora, o mores; en couleur. Très belle épreuve.

785 — A Cart Race; pièce en couleur publiée en 1788. Très belle épreuve, rare.

786 — The Chasse, — Going out in the Morning, — Death of the fox; trois pièces en couleur. Superbes épreuves, rares.

787 — Le Retour de la chasse, en couleur. Très belle épreuve, rare.

788 — Voyages en diligence et scènes de mœurs anglaises. Suite de six pièces en couleur, publiées en 1787. Belles épreuves, rares.

789 — The Overdrove ox; pièce en couleur. Très belle épreuve, rare.

ROWLANDSON

790 — Army, — Navy; deux pièces en couleur faisant pendants. Belles épreuves, rares.

791 — A Kick-up at a hazard table! — Long faces; or, the first Meeting of the national assembly after the King's Escape! Deux pièces.

792 — Madame Very, restaurateur, Palais-Royal, — La Belle limonadière au caffée des milles colonnes. Deux sujets sur une même feuille, en couleur.

SAINT-AUBIN (G. de)

793 — Les deux Moines veillant près d'une personne morte (P. de B. 22); pièce gravée par P. Mercier. Très belle épreuve.

794 — Fête d'Auteuil. Très jolie pièce gravée à l'eau-forte (P. de B. 18). Très belle épreuve, rare.

795 — Vignette pour le conte de La Fontaine: On ne s'avise jamais de tout. (P. de B. 41). Belle épreuve, la marge du bas coupée.

796 — Buste de Sedaine, au milieu d'amours et d'attributs divers; pièce non décrite, in-8. Très belle épreuve, rare.

SAINT-AUBIN (d'après G. de)

797 — Parade sur le devant d'un théâtre des boulevards, à Paris, gravé par Duclos. Très rare épreuve avant toutes lettres, à l'état d'eau-forte. Une déchirure à droite.

SAINT-AUBIN (Aug. de)

798 — Louise-Émilie, baronne de ***, — Adrienne-Sophie, marquise de ***; deux pièces faisant pendants. Superbes et très rares épreuves du premier état, avant les adresses, grandes marges.

799 — Louise-Émilie, baronne de***. Très belle épreuve.

SAINT-AUBIN (Aug. de)

800 — Comptez sur mes serments. Très belle épreuve avant la lettre.

801 — Comptez sur mes serments, — Au moins, soyez discret. Deux pièces.

802 — Le Réfractaire amoureux. Superbe et très rare épreuve avant toutes lettres et avant de nombreux changements, notamment dans les armes et dans la figure de l'abbé, qui, par la suite, a été remplacée par celle d'un officier. Grande marge.

803 — Portrait de la baronne de Rebecque sur son lit de mort. Superbe épreuve, marge.

804 — Louis XVI, Marie-Antoinette et le Dauphin, représentés en bustes, dans un médaillon, fixé par un anneau sur une pyramide, d'après Sauvage, in-4. Superbe épreuve avant toutes lettres, marge.

805 — *Conti* (fortunée Marie d'Este, princesse de), d'après Cochin, en regard sur la même feuille : *Vue intérieure de la nouvelle Eglise de Saint-Chamont*, 1781. Très belle épreuve, rare.

806 — *Conti* (Fortunée-Marie d'Este, princesse de), d'après Cochin, in-8. Très belle épreuve.

807 — Madame de *Heineken*, — P.-J. *Marco*, — L.-F. *Prault*; trois portraits d'après Cochin. Belles épreuves.

808 — *Lorry* (Anne-Charles), docteur régent de la Faculté de Médecine de Paris, d'après C.-N. Cochin, in-8. Belle épreuve.

SAINT-AUBIN (d'après Aug. de)

809 — Le Bal paré, — Le Concert; deux pièces faisant pendants, gravées par A.-J. Duclos. Superbes épreuves.

SAINT-AUBIN (d'après Aug. de)

810 — La Promenade des Remparts de Paris, — Tableau des portraits à la mode ; deux pièces faisant pendants, gravées par P.-F. Courtois. Superbes épreuves, marges.

811 — La Promenade des remparts de Paris, par P.-F. Courtois. Très belle et rare épreuve avant toutes lettres et avant quelques travaux.

812 — *The first come best served.* (Le premier arrivé est le mieux servi.) — *The place to the first occupier.* (La place est au premier arrivant); deux pièces faisant pendants, gravées en couleur par A. Sergent. Superbes épreuves, marges.

813 — La Jardinière, — La Savonneuse; deux pièces faisant pendants, gravées par A. Sergent. Superbes épreuves en couleur, avant toutes lettres. Marges.

814 — Les mêmes estampes. Belles épreuves.

815 — La Sollicitude maternelle, par Sergent et Phélipeaux, en couleur. Superbe épreuve avant toutes lettres.

816 — La Tendresse maternelle, par Phélipeaux et Moret, en couleur. Superbe épreuve avant toutes lettres.

817 — La Tendresse maternelle, — La Sollicitude maternelle, — L'Heureuse mère; trois pièces gravées en couleur par Sergent, Gautier et Phélipeaux. Belles épreuves.

SAINT-NON

818 — Recueil de griffonnis, de vues, paysages, fragments antiques, etc. ; sept pièces. Très belles épreuves.

SANTERRE (d'après)

819 — Jeune femme tenant un masque, par Chasteau. Belle épreuve.

SAVART (P.)

820 — *D'Alembert* (J.), d'après Mlle Luzurier, in-8. Très belle épreuve, marge.

SCHENAU (d'après J.-E.)

821 — Le Maître de guitare, par Cl. Duflos. Belle épreuve, marge.

822 — Le Réveil maladroit, par N. Dupuis. Belle épreuve.

SERGENT (A.)

823 — *The Magnetism* (Le Magnétisme), — *The day's folly* (La folie du jour); deux pièces de forme ronde, faisant pendants. Très belles épreuves, en couleur.

823 *bis* — The day's folly (La folie du jour). Très belle épreuve imprimée avec couleurs différentes de la pièce indiquée au numéro précédent.

824 — Marie-Thérèse-Charlotte de France, fille du Roi Louis XVI, in-fol, en couleur. Très belle épreuve, marge.

825 — Necker (M. de), ministre des finances, in-4. En couleur, d'après Duplessis. Très belle épreuve.

826 — Hauy (Valentin), instituteur des aveugles, d'après Mme Favart In-4. En couleur. Très belle épreuve.

SILVESTRE ET PERELLE

827 — Vues de Paris et de France; trente-trois pièces. Très belles épreuves.

SMITH (J.-R.)

828 — Intrusion on study or the painter Disturbed, en couleur. Belle épreuve.

STRANGE (H.)

829 — Vénus, d'après Titien. Très belle épreuve.

SUBLEYRAS (d'après)

830 — La Courtisane amoureuse, gravée à l'eau-forte par Pierre. Très belle épreuve, rare.

SWEBACH-DESFONTAINES (d'après)

831 — La Vieillesse d'Annette et Lubin, par Le Cœur. Très belle épreuve en couleur.

TELLIOB (Boillet)

832 — Choice fruit, — The fair florist; deux pièces faisant pendants. Belles épreuves.

TANCHE (d'après N.)

833 — Les Désirs naissants, par Le Beau. Superbe épreuve, marge.

TARDIEU (A.)

834 — *Marie-Antoinette*, reine de France, représentée en pied, d'après Dumont, in-fol. Superbe épreuve avant toutes lettres, seulement les noms des artistes tracés à la pointe, marge.

TAUNAY (d'après)

835 — Noce de village, — Foire de village. Deux pièces faisant pendants, gravées en couleur par Descourtes. Superbes épreuves du premier état, avec les armes et la dédicace.

836 — Foire de village, — Noce de village. Deux pièces faisant pendants, réduction in-8, par Descourtis. Superbes épreuves en couleur, toutes marges.

THOMASSIN

837 — *Bourgogne* (Louis de France, duc de), in-4. Très belle épreuves avant toutes lettres.

TOSCHI

838 — L'Entrée d'Henri IV à Paris, d'après Gérard. Très belle épreuve.

TOUZÉ (d'après)

839 — La Présidente Tourvel, gravé en couleur par Romain Gérard. Très belle épreuve.

TRINQUESSE (d'après L.)

840 — L'Irrésolution ou la confidence, par J. Pierron. Epreuve sans marge.

TROLL

841 — Vues du jardin des Tuileries ; quatre pièces. Très belles épreuves, rares.

TROOST (d'après C.)

842 — Scènes tirées de la vie domestique des Hollandais au dix-huitième siècle, peintes par Corneille Troost, publiées par E. Maaskamp à Amsterdam, 1811. Suite de trente-deux pièces avec titre et table en 1 vol grand in-fol. oblong, cartonné, rare.

TROY (d'après DE)

843 — Toilette pour le Bal, — Retour du Bal. Deux pièces faisant pendants, gravées par J. Beauvarlet. Très belles épreuves du premier état.

844 — Le Maître d'école, gravé à la sanguine par L. Rosalie Hemery. Belle épreuve.

845 — Jeune femme lisant une lettre, par J. Chereau. Très belle épreuve, grande marge.

VANGORP (d'après)

846 — La Surprise, — La Ruse ; deux pièces faisant pendants, gravées en couleur par Honoré. Belles épreuves.

VANGORP ET **Mlle GERARD** (d'après)

847 — Ah! le voilà! — La leçon. Deux pièces faisant pendants, gravées par H. Gérard.

VANLOO (d'après C.)

848 — La Comédie, par Salvador. Superbe épreuve, grandes marges.

849 — Les Baigneuses, par Lempereur. Très belle épreuve avant toutes lettres.

850 — Hippolyte de la Tude Clairon, Ve acte de Médée, par L. Cars et Beauvarlet. Très belle épreuve.

851 — Madame de *Sabran*, par Chereau le Jeune, in-fol. Bonne épreuve.

VERNET (J.)

852 — Port de mer d'Italie ; pièce gravée à l'eau-forte. Deux épreuves.

VERNET (d'après J.)

853 — Pêcheurs et ports d'Italie; deux pièces gravées par J. J. Le Veau. Belles épreuves avant la lettre.

VERNET (Carle)

854 — Les Apprêts pour la course. Lithographie coloriée, rare.

VERNET (d'après H.)

855 — Merveilleuse, numéro 23. En couleur.

VIEN (d'après)

856 — Jeune Circassienne au bain, — Autel du jeune Bacchus. Deux pièces faisant pendants, gravées par Glairon-Mondet. Belles épreuves.

VIGNETTES

857 — *Boilvin.* Suite de six vignettes in-8, pour Daphnis et Chloë. Très belles épreuves avant la lettre, sur chine volant.

858 — *Borel.* Onze vignettes in-8 par divers graveurs pour les œuvres de Regnard. Très belles épreuves.

859 — *Charlet.* Vignettes in-8 à claire-voie pour les œuvres de Béranger. Neuf pièces avant la lettre.

860 — *Chodowiecki.* Suite de sept gravures in-8 pour Clarisse Harlowe. Belles épreuves avant la lettre.

861 — *Carbould.* Cinq vignettes pour Paul et Virginie. Trois sont à l'eau-forte.

862 — *Desenne.* Suites de vignettes in-32 pour les œuvres de Mme de Lafayette. Épreuves avant la lettre, sur chine et eaux-fortes, seize pièces.

863 — *Divers.* Vignettes d'après Monsiau, Moreau, Desenne, Monet, Marillier, pour les œuvres de Rousseau. Belles épreuves, plusieurs avant la lettre ou à l'eau-forte.

864 — Vignettes in-8, d'après Hersent et Vernet, pour les œuvres de Boileau. Huit pièces, dont deux avant la lettre et deux sur chine.

865 — Huit vignettes in-8 d'après Borel, Marillier et Monet, pour l'histoire ancienne.

866 — Vignettes in-8 d'après Eisen, Gravelot, Marillier, Monet, Lebarbier et Moreau, pour les œuvres de J.-J. Rousseau. Huit pièces dont une à l'eau-forte et une avant la lettre.

867 — Vignettes in-8 et in-18, d'après Borel, Gravelot, Freudeberg, Marillier et Queverdo. Dix pièces.

868 — Vignettes d'après Eisen, Lebarbier, Marillier. Huit pièces avant et avec la lettre.

VIGNETTES

869 — *Divers.* Fleurons, frontispices, et sujets pour dessus de tabatières. Neuf pièces d'après Cochin, de Sève et Taraval.

870 — Vignettes d'après Ramberg, Chailliou, Moreau, Desenne, Eisen, Marillier, etc.

871 — Vignettes d'après Eisen, Marillier et Boucher, etc. Dix pièces.

872 — Vignettes frontispices et en-tête par Martinet, Choffard, Blackay, B. Picart, et Saint-Aubin. Cinq pièces.

873 — Vignettes d'après Eisen, Marillier, Fragonard, Gérard, etc. Treize pièces.

874 — Vignettes in-8 et in-4 d'après Eisen, Marillier, Gravelot, pour les œuvres de Voltaire, Rousseau, etc. Cinquante-cinq pièces.

875 — Vignettes d'après Moreau, Coypel et Gravelot, pour Don Quichotte, les Contes moraux de Marmontel, les Fables et les Contes de La Fontaine. Soixante-neuf pièces.

876 — Vignettes diverses pour les œuvres de Florian, Schiller, Bernardin de Saint-Pierre, Destouches. Quarante-huit pièces, en partie avant la lettre.

877 — Vignettes in-8 et in-4, d'après Moreau, Eisen, Boucher, Bornet, etc., pour le Nouveau Testament, les chefs-d'œuvre dramatiques de Marmontel, etc. Trente-six pièces, en partie avant la lettre ou à l'eau-forte.

878 — *Gravelot.* Vingt-deux vignettes in-8 avec encadrement ornementé pour les œuvres de Corneille. Très belles épreuves, en partie avec grandes marges.

879 — Treize vignettes in-8 par divers graveurs, pour les œuvres de Corneille. Très belles épreuves du premier état, avant la bordure.

VIGNETTES

880 — Fleurons pour la Jérusalem délivrée. Dix pièces, très belles épreuves avant la lettre, tirage hors texte.

881 — *Janet-Lange*. Suite de soixante dix-sept figures, pour illustrer la Peau de chagrin, de Balzac. Superbes épreuves tirées hors texte, sur papier vélin, grandes marges.

882 — *Tony-Johannot*. Suite complète de huit gravures in-8, pour les contes de Nodier. Très belles épreuves sur chine, avant le nom de l'imprimeur.

883 — *Laffitte*. Douze vignettes gravées par Delignon, Delvaux, etc., un portrait gravé par Macret, pour les œuvres de Destouches. Belles épreuves.

884 — *Lami* (E). Sept gravures in-8 pour Don Quichotte. Épreuves avant la lettre, sur chine.

885 — *Marillier*. Trente vignettes in-8, pour la sainte Bible. Épreuves avant la lettre.

886 — ***Martini et Eisen*** (d'après). Vignettes in-8, avec titres, gravés par Baquoy, Gaucher, Patas et Ponce, pour l'Art d'aimer et Phrosine et Mélidor, huit pièces. Belles épreuves.

877 — ***Monnier*** (H.). Suite complète de quinze gravures en couleur pour les œuvres de Béranger, de la suite dite complémentaire.

888 — ***Monsiau*** (d'après). Six gravures in-8 par Levilain, pour le Voyage Sentimental. Belles épreuves avant la lettre.

889 — ***Monsiau et Lebarbier***. Vignettes in-4 pour les œuvres de Rousseau et de Gessner. Cinq pièces, dont une avant la lettre.

890 — ***Moreau***. Vingt-trois gravures in-8, pour les œuvres de Corneille, édition Renouard. Très belles épreuves.

VIGNETTES

891 — Douze vignettes in-8, par divers graveurs, pour les œuvres de Crébillon. Belles épreuves.

892 — Quatre gravures in-8, pour les œuvres de Hamilton.

893 — Vignettes in-8 pour les œuvres de La Fontaine, 1814. Douze pièces.

894 — Sept gravures in-8, gravées par Simonet pour les œuvres de Gresset.

895 — Suite complète de vingt-cinq gravures in-8, pour les Aventures de Télémaque. Belles épreuves, toutes marges.

896 — Vignettes in-8 et in-18 pour les œuvres de Rousseau, éditions Cazin et Dupréel. Quatorze pièces.

897 — Suite complète de trente et une figures in-8 pour les œuvres de Molière, édition Renouard. Très belles et anciennes épreuves.

898 — *Moreau, Marillier et Lebarbier*. Titres et vignettes in-8, pour les œuvres de Rousseau, édition Poinçot ; cinquante-huit pièces. Très belles épreuves. Les figures de Moreau sont avant la lettre.

899 — *Orléans* (P. H. d'). Vignettes in-8 pour les amours pastorales de Daphnis et de Chloé. Londres, 1779. Vingt-neuf pièces.

900 — *Simon et Coiny*. Vignettes in-12, pour les Contes de La Fontaine. Cinquante pièces avant la lettre, à l'état d'eau-forte.

RÉVOLUTION (Portraits et suites de vignettes pouvant servir à illustrer l'histoire de la Révolution)

901 — *Anonymes*. Suite complète de 8 vignettes publiées par Blaisot, pour un ouvrage sur la Révolution. Épreuves avant la lettre, plus 4 vignettes contrefaçon des 48 à la manière noire, en tout douze pièces.

RÉVOLUTION (Portraits et suites de vignettes pouvant servir à illustrer l'histoire de la Révolution)

902 — *Anonymes*. Collection de portraits au trait, non signés. Collot d'Herbois, Marat, Joseph Lebon, etc. Onze pièces.

903 — *Bonneville*. Personnages célèbres de la Révolution, publiés par Bonneville. Deux cent dix-sept pièces.

904 — *Chereau* (chez). Les Déesses de la Révolution, treize pièces à la sanguine et en couleur, publiées chez Chereau. Très belles épreuves, rares.

905 — *Couché*. Vignettes pour l'histoire de la Révolution. Six pièces en partie à l'eau-forte, plus neuf pièces espagnoles, pouvant faire suite, en tout quinze pièces.

906 — *Déjabin*. Collection de portraits des députés aux Etats Généraux et à l'Assemblée Nationale, en 1789, publiés par Déjabin. Trois cent quatre-vingt-seize pièces, en grande partie avec marges.

907 — *Divers*. Collection complète de douze portraits publiés par M. Vignères.

908 — Portraits tirés de la galerie de Versailles. Vingt et une pièces.

909 — Sous ce numéro, il sera vendu par lots un grand nombre de vignettes, pièces historiques, portraits et caricatures, pouvant entrer comme illustration dans l'histoire de la Révolution.

910 — *Dupont (M. Henriquel)*. Mirabeau à la tribune, d'après Paul Delaroche. Très belle épreuve avant la lettre.

911 — *Fiésinger*. Personnages célèbres de la Révolution, collection de portraits gravés par Fiésinger, d'après Guérin. Trente-deux pièces.

912 — *Flameng*. Suite complète de seize portraits in-8. Belles épreuves.

RÉVOLUTION (Portraits et suites de vignettes pouvant servir à illustrer l'histoire de la Révolution)

913 — Flameng. Douze pièces doubles de la suite précédente, trois épreuves sur blanc, trois sur Chine et six sur peau de vélin.

914 — *Gautier*. Suite de seize portraits in-8, relatifs au procès Cadoudal. Belles épreuves.

915 — *Janinet* (*F.*).— Journées mémorables de la Révolution. Quarante-huit pièces grand in-8 à la manière noire. Classes par dates. Suite rare à rencontrer aussi complète.

916 — *Levachez*. Portraits grand in-4, gravés par Sergent, Alix, Pitou, Allais, etc., et publiés par Levachez. Douze pièces.

917 — Collection de portraits tirés des tableaux de la Révolution avec vignettes de Duplessis-Bertaux. Soixante-dix pièces.

918 — *Moreau*. Six vignettes in-8 pour les précis de la Révolution. Épreuves remargées.

919 — *Moreau et Bertaux*. Suite complète de seize gravures in-8, pour les Précis de la Révolution. Très belles épreuves avant la lettre, le frontispice est double, à l'état d'eau-forte et est aussi ajoutée la réduction in-18 du frontispice, gravé par Simonet, avant la lettre, en tout dix-huit pièces.

920 — *Torrean* (*Jules*). Personnages célèbres de la Révolution. Quarante pièces publiées par M. Vignères. Épreuves d'artistes.

921 — *Péronard*. Suite de vingt-six portraits pour : Histoire des journaux et des journalistes de la Révolution française, 1789-1796, par Léonard Gallois, 1845.

922 — *Portraits*. Louis XVI, — Portraits et pièces historiques. Quatre-vingt une-pièces de divers formats, par Le Beau, Lemire, Desrais, Massard, Hubert, Vérité, Claessens, Berger, etc.

RÉVOLUTION (Portraits et suites de vignettes pouvant servir à illustrer l'histoire de la Révolution)

923 — Marie-Antoinette, reine de France. Quarante portraits différents, par divers graveurs.

924 — Louis XVII. Dix-sept portraits différents.

925 — Madame Elisabeth, sœur du Roi. Seize portraits différents.

926 — Madame la duchesse d'Angoulême. Treize portraits différents.

927 — Portraits des membres de la famille Royale, — Madame de Lamballe. Pièces allégoriques, etc. Trente-neuf pièces.

928 — Charlotte Corday. Dix-sept portraits différents.

929 — *Robespierre.* Dix-huit portraits différents.

930 — *Mirabeau.* Trente-cinq portraits différents.

931 — Mme Roland. Neuf portraits différents.

932 — *Marat.* Onze portraits différents.

933 — Bonaparte, comme Général, Consul et Empereur. Dix portraits différents.

934 — Agricola Viala, — Le duc d'Aiguillon, — J. Arné, — Augereau, — L. Avoyer Steigner. Huit portraits in-8 et in-4.

935 — Bailly, — Barnave, — Barra et Chaslier, — Barras, — Barrère, — Barthelemy, — Bergasse, — Beurnonville, — Bonchamp, — Brissot, — Brune, etc. Vingt-deux portraits in-8 par divers graveurs.

936 — Le Camus, — Catherine II, — Championnet, — Le Chapellier, — Charette, — Chénier, — Clavière, — Condorcet, — Couthon, — Custine, etc. Vingt portraits in-8 et in-4 par divers graveurs.

RÉVOLUTION (Portraits et suites de vignettes pouvant servir à illustrer l'histoire de la Révolution)

937 — Danton, — Desaix, — C. Desmoulins, — Dumouriez, Duport, — Duval d'Epremenil, etc. Dix-sept portraits in-8 et in-4 par divers graveurs.

938 — *Estaing* (Ch. H. Comte d'), par Barbié, in-8. Belle épreuve.

939 — Fabre d'Eglantine, — Le Marquis de Ferrières, — Franklin, — Fretcau, — Michel Gérard, — J.-L. Gouttes, — l'abbé Grégoire, — Guillotin, — Houchard, — Joseph II, — L'impératrice Joséphine, etc. Quinze portraits in-8 et in-4 par divers graveurs.

940 — Lafayette, — Lajolais, — de Lameth, — de Larochejaquelin, — Lavoisier, — Lebrun, — Lefebvre, — Le Pelletier, — de Lescure, etc. Dix-huit portraits in-8 et in-4 par divers graveurs.

941 — Maillard, — Marceau, — Maréchal, — Masséna, — J.-F. Maury, — Menou, — Mercier, — Moreau, etc. Vingt-trois portraits in-8 et in-4 par divers graveurs.

942 — Necker. — Quatorze portraits différents, par Sergent, en couleur, — de Launay, Le Clair, Thouvenin, Lebrun, Muller, etc. Ce lot sera divisé.

943 — Péthion de Villeneuve, — Pichegru, — Pie VI, — Pitt, — Prieur, — Roland, — Rabaut de Saint-Etienne, Sidney-Smith et Sieyes. Dix-sept portraits in-8 et in-4 par divers graveurs.

944 — Talleyrand, — Target, — Thiers, — Le Tourneur, — Valazé, — Vergniau, et portraits divers. Vingt portraits in-8 et in-4 par divers graveurs.

945 — *Raffet.* Suite de cinquante-trois figures et portraits in-8, d'après Raffet et autres, pour l'histoire de la Révolution, publiées par Furne. Très belles épreuves en partie sur chine.

RÉVOLUTION (Portraits et suites de vignettes pouvant servir à illustrer l'histoire de la Révolution)

946 — Suite complète de cinquante portraits et vignettes d'après Johannot, Raffet et Scheffer, pour l'histoire de la Révolution, publiés par Furne en 1835. Belles épreuves du premier tirage, sur chine.

947 — Suite complète de quarante-cinq figures in-8, avec encadrements, pour le Musée de la Révolution, publié par Perrotin en 1834. Belles épreuves de premier tirage.

948 — Cinquante-quatre vignettes et portraits de l'édition publiée par Furne. Epreuves sur chine.

949 — Suite complète de dix figures in-8, d'après Raffet, J. David, Charpentier et de Moraine, pour la Révolution française de Louis Blanc. Epreuves sur chine, avant la lettre.

950 — Suite complète de quarante portraits in-8, d'après Raffet publiés pour l'histoire des Girondins de Lamartine. Epreuves sur chine.

951 — *Vérité.* Collection de portraits des Députés à l'Assemblée nationale, gravés et publiés par Vérité. Dix-neuf portraits in-8, dont plusieurs imprimés en couleur. Très belles épreuves, rares.

952 — *Vinkeles.* Soixante-cinq grandes figures d'après Duplessis-Bertaux, Prieur et Swebach-Desfontaines, six titres et portraits, pour l'histoire de la Révolution, édition hollandaise. En tout quatre-vingt-six pièces avant la lettre.

953 — La même collection composée de 77 grandes planches, 78 portraits et 25 titres ; en tout 170 pièces.

VILLENEUVE (A Paris, chez)

954 — Boy and Lamb, — Girl and Pigeons. Deux pièces en couleur de forme ovale. Belles épreuves, marges.

VILLENEUVE (A Paris, chez)

955 — *Mirabeau* (H.-G. Riquette, comte de), en buste sur fond rouge, in-8. Belle épreuve, rare.

956 — *Rousseau* (J.-J.), en buste dans un médaillon rond en regard d'un autre médaillon où est représentée la vue de son tombeau, en couleur. Belle épreuve, rare.

957 — *Saint-Priest* (Judas-Guignard-Acamat, dit) ou Farcy, ci-devant ministre et secrétaire d'état, en buste sur fond rouge, in-8. Très belle épreuve, rare.

VENKELES

958 — Salle de lecture dans la maison Félix Meretis à Amsterdam. Superbe épreuve avant la lettre, marge.

VLEUGHELS (d'après)

959 — Les Saisons et les Eléments. Huit pièces gravées par Jeaurat. Très belles épreuves, grandes marges.

960 — Samson et Dalila, par Dupin. Belle épreuve, marge.

VORSTERMAN (L.)

961 — La Querelle des Paysans, d'après Breugel. Bonne épreuve.

WALKEHEIM (N.)

962 — Vie très croyable des moines. Très belle épreuve, marge.

WARD (d'après J.)

963 — Moissonant, — Les Glaneures revenus; deux pièces gravées en couleur, par W. Ward. Superbes épreuves, rares.

964 — Selling Rabbits, — The citizens retreat; deux pièces gravées en couleur par W. Ward. Superbes épreuves.

WATTEAU (Ant.)

965 — Figures de modes. Suite de sept estampes, plus un titre gravé par Thomassin. R. D., 1 à 7. Très belles épreuves du troisième état.

966 — La Femme assise (R. D. 7). Epreuve avant toutes lettres.

WATTEAU (d'après Ant.)

967 — L'Accord parfait, par Baron. Epreuve avant la lettre, manque de conservation.

968 — L'Accordée de village, par N. de Larmessin. Superbe épreuve.

969 — La Mariée de village, par C. N. Cochin. Superbe épreuve.

970 — Les Agremens de l'Esté, par Jacques de Favanes. Très belle épreuve, marge.

971 — Amusements champêtres, par B. Audran. Superbe épreuve.

972 — Les Amusements de Cythère, par L. Surugue. Superbe et rare épreuve avant toutes lettres, marge.

973 — Assemblée galante, par Lebas; très belle épreuve.

974 — L'Automne, — l'Hiver, — l'Esté. Trois pièces gravées par Huquier. Belles épreuves.

975 — Le Bain rustique, par Ant. Cardon. Très belle épreuve, marge.

976 — La même estampe. Superbe épreuve, toutes marges.

977 — Camp volant, par N. Cochin. Très rare épreuve avant toutes lettres, à l'état d'eau-forte.

978 — Les Charmes de la vie, par Aveline. Très belle épreuve, doublée.

WATTEAU (d'après Ant.)

979 — Les Champs-Elysées, par N. Tardieu. Très belle épreuve.

980 — La Colation, par L. Moyreau. Superbe épreuve.

981 — Le Concert champêtre, par B. Audran. Superbe épreuve.

982 — La Conversation, par M. Liotard. Très belle épreuve.

983 — Le Conteur de fleurettes, par Crépy. Très belle épreuve, marge.

984 — La Danse paysanne, par B. Audran. Superbe épreuve, grandes marges.

985 — La Diseuse d'aventure, par Cars. Très belle épreuve.

986 — *Du bel âge où les jeux remplissent vos désirs. — Pour nous prouver que cette belle.* Deux pièces gravées par J. Moyreau et Surugue. Belles épreuves.

987 — L'Enlèvement d'Europe, par P. Aveline. Belle épreuve, marge.

988 — Entretiens amoureux, par Liotard. Superbe épreuve.

989 — Entretiens badins, par B. Audran. Belle épreuve avant le titre.

990 — L'Enseigne, par P. Aveline. Superbe épreuve.

991 — La Famille, par Aveline. Très belle et rare épreuve avant toutes lettres.

992 — Fête au Dieu Pan, par M. Aubert. Très belle épreuve.

993 — Fêtes vénitiennes, par L. Cars. Très belle épreuve, marge.

994 — Le Galant Jardinier par Jac. de Favannes. Très belle épreuve, marge.

WATTEAU (d'après Ant.)

995 — La Game d'amour, par J.-B. Le Bas. Très rare épreuve avant toutes lettres.

996 — L'Ile enchantée, par J.-P. Le Bas. Très belle épreuve.

997 — La Joye du theastre, par Crepy. Très belle épreuve, marge.

998 — La Partie quarrée, par J. Moyreau. Superbe épreuve.

999 — Le Passe-temps, par B. Audran. Superbe épreuve, marge.

1000 — Paysage, gravé par C. Rare épreuve à l'état d'eau-forte,

1001 — La Peinture, — La Sculpture; deux pièces gravées par Desplaces. Très belles épreuves, marges.

1002 — Le Pénitent, par Filleul, — Le Bosquet de Bacchus. Deux pièces.

1003 — La Perspective, par Crepy. Très belle épreuve.

1004 — Les Plaisirs du bal, par Scotin. Superbe épreuve, marge.

1005 — La même estampe. Très belle épreuve.

1006 — *Pour nous prouver que cette belle*, par L. Surugue. Très belle épreuve, marge.

1007 — Le Qu'en dira-t-on, par Crepy. Très belle épreuve, marge.

1008 — Le Rendez-vous, par P. Mercier. Composition de cinq figures en hauteur. Très belle épreuve, marge.

1009 — Le Repas de campagne, par Desplaces. Superbe épreuve, grandes marges.

1010 — Antoine de La Roque, par Lépicié. Très belle épreuve.

WATTEAU (d'après Ant.)

1011 — Les Saisons; Suite de quatre pièces en largeur, gravées par J. Audran, Brion, Moyreau et de Larmessin. Superbes épreuves, grandes marges.

1012 — Veue de Vincennes, par Boucher. Superbe épreuve, toutes marges.

1013 — Figures françaises et comiques. dix pièces gravées par Cochin, Desplaces, Jeaurat, Thomassin, etc. Belles épreuves.

1014 — Arabesques. Le Berger content, — Le Marchand d'Orvietan, — La Favorite de Flore, — L'Heureux moment; suite de quatre pièces en largeur gravées par L. Crepy. Superbes épreuves. toutes marges.

1015 — Colombine et Arlequin, par Moyreau. Très belle épreuve, marge.

1016 — Colombine et Arlequin, par Moyreau. Très belle épreuve.

1017 — Les Eléments, suite de quatre pièces en hauteur, gravées par Huquier. Superbes épreuves, marges.

1018 — L'Escarpolette, par Crepy; arabesque en hauteur. Très belle épreuve.

1019 — Paravent de six feuilles. Suite de six pièces en hauteur, gravées par Crepy. Superbes épreuves, grandes marges.

1020 — Cinq pièces doubles des précédentes. Très belles épreuves, marges.

1021 — Le Temple de Neptune, — Le Temple de Diane, — Divinité chinoise, — Empereur chinois. Suite de quatre pièces gravées par Huquier. Très belles épreuves, marges.

1022 — Dessus de clavecin, gravé par Caylus. Belle épreuve.

WATTEAU (d'après Ant.)

1022 *bis* — L'Accordée de village, — La Mariée de village. Deux pièces faisant pendants, gravées par Cochin et de Larmessin.

WATELET (H.)

1023 — *Lecomte* (Marguerite), d'après Cochin, in-8. Superbe épreuve avant la lettre, marge.

1024 — Frontispice avec portrait de P. Corneille, d'après Pierre, pour les œuvres de Pierre et Th. Corneille, 1764. Très rare épreuve à l'état d'eau-forte.

WATSON (J.)

1025 — Portrait de femme à mi-corps, d'après G. Willison, in-fol. en manière noire. Superbe épreuve avant la lettre.

WESTALL (d'après R.)

1026 — Les Charmes de la moisson, — Les Moissonneurs effrayés par l'orage, deux pièces faisant pendants, gravées en couleurs par Thouvenin. Très belles épreuves.

WILLE (P.-A.)

1027 — Petit Waux-Hall. Très belle épreuve, marge.

WILLE (d'après P.-A.)

1028 — Le Marchand de ptisane, gravé en couleur par Berthault. Superbe épreuve, marge.

WULST (C.-L.)

1029 — Vues des châteaux royaux de Hollande. Quatorze pièces en un vol. in-fol. oblong. Belles épreuves.

YOUNG (J.)

1030 — *Delille* (J.)., d'après Monnier, in-fol. en manière noire. Très belle épreuve, marge.

1031 — Sous ce numéro, il sera vendu un portefeuille d'estampes de toutes les écoles.

LITHOGRAPHIES
ET
EAUX-FORTES MODERNES

ABBEMA (Louise)

1032 — Croquis contemporains, pointes sèches par Louise Abbema. Texte par J. Claretie.

ARAGO (J.)

1033 — Paysages, sujets et études. Neuf pièces lithographiées.

AUBRY (Ch.)

1034 — Histoire pittoresque de l'équitation ancienne et moderne. Vingt-sept pièces.

BARYE et **GIGOUX**

1035 — Lithographies et eaux-fortes d'après les œuvres de ces deux maîtres. Trente-quatre pièces.

BOILVIN (E.)

1036 — Frontispice pour l'Amour au XVIIIe siècle. Deux épreuves dont une épreuve d'essai avant le nom de l'imprimeur et avant l'inscription changée.

BRACQUEMOND

1037 — Portraits d'Edmond et Jules de Goncourt, représentés sur une même planche. Superbe épreuve, sur chine.

1038 — Portrait d'homme en costume du XVIe siècle. Épreuve du troisième état.

1039 — Paysages et études. Quatre pièces avant la lettre.

1040 — Portraits, — Homme en costume du XVIe siècle, — Paysages, croquis, ex-libris, — Saint Jean prêchant, etc.; douze pièces. Très belles épreuves d'essai, avant la lettre.

1041 — Modèles pour l'industrie. Vingt pièces.

1042 — Modèles pour l'industrie. Quinze pièces.

1043 — Modèles pour l'industrie. Vingt-trois pièces.

1044 — Etudes diverses et sujets pour modèles de faïences. Quatre dessins.

CAROLUS-DURAN

1045 — Gravures sur bois, eaux-fortes et lithographies. Vingt-sept pièces.

CHARLET (N.-T.)

1046 — Trente et une pièces de son œuvre. Très belles épreuves.

COLIN

1047 — Collection de portraits des artistes des théâtres de Paris, dessinés et lithographiés d'après nature, par Colin. Quatre pièces.

COURTRY

1048 — Eaux-fortes, d'après Corot, Regnault, Durand, Gérôme, Hédouin, etc. Huit pièces avant la lettre.

DAUBIGNY

1049 — Paysages, 1877. Deux pièces.

DAUMIER (H.)

1050 — Album des charges du jour. Trente lithographies, par H. Daumier, 1 vol. in-4, oblong, cart.

1051 — Histoire ancienne. Vingt-cinq pièces, en 1 vol. grand in-4, cartonné.

1052 — Les Beaux jours de la vie, actualité, etc. Vingt-six pièces.

DAUMIER ET AUTRES

1053 — Caricatures et scènes de mœurs. Cent dix pièces.

DAUMIER ET GRANDVILLE

1054 — Rue Transnonain, le 15 avril 1834, — Grenier d'abondance, jugement de juges, etc. Neuf pièces tirées du journal la Caricature.

DECAMPS

1055 — Un Chien, lithographie par Chauvel. Trois épreuves d'états différents.

DELACROIX (EUGÈNE)

1056 — Fac-similé de dessins et croquis originaux, par Alfred Robaut.

DETAILLE ET DE NEUVILLE

1057 — Eaux-fortes et gravures sur bois. Douze pièces.

DEVERIA

1058 — Les douze mois de l'année, plaisirs du monde élégant, composé et lithographié, par A. Deveria, Bichebois et Sabatier, 1834. Douze pièces.

1059 — Album lithographique de divers sujets composés et dessinés sur pierre, par A. Deveria, 1829. Douze pièces.

DIVERS

1060 — Eaux-fortes par Lalauze, Monziès, d'après Chardin, Fragonard, Prud'hon, etc. Dix pièces, en partie sur Japon.

1061 — Eaux-fortes, par divers artistes. Dix-sept pièces.

1062 — Les Maîtres anciens et contemporains. Vingt-neuf pièces gravées à l'eau-forte par Rajon, Unger, Rauscher, Buchel, Lendner, etc. Epreuves sur chine.

1063 — Eaux-fortes par Berne-Bellecour, Riddley, etc. Vingt-trois pièces.

1064 — Eaux-fortes, par Jacquemart, Lafrance, Chauvelet, Rops, etc. Seize pièces.

1065 — Eaux-fortes et gravures sur bois, d'après divers artistes. Quarante et une pièces.

1066 — Caricatures et pièces de mœurs. Trente-huit pièces.

DURA

1067 — Les Métiers d'Italie. Cinq lithographies coloriées.

ETEX (d'après)

1068 — Lithographies et gravures sur bois, d'après les œuvres d'Etex. Quatorze pièces.

FEUCHÈRES (d'après)

1069 — Eaux-fortes et gravures sur bois. Neuf pièces.

GAVARNI

1070 — Portrait de Melingue, en pied. Rare épreuve avant toute lettre, sur chine.

1071 — Travestissements, — Musiciens comiques ou pittoresques, — Physionomies du chanteur, etc. Cinquante-cinq pièces.

GAVARNI

1072 — Les Petits jeux de société, — Les Lorettes, — Une Légende espagnole, — Surprises, etc.; huit pièces. Très belles épreuves.

1073 — Lecture de l'artiste, — Le Champagne, — L'entrée au bal de l'Opéra, — L'Intrigue, — Bal de l'Opéra, uniforme des commissaires, — La Glace. Six pièces dont une avant la lettre.

1074 — Masques et visages, histoire de politiques, Cinquante-six pièces. Très belles épreuves avant la lettre, en partie sur chine.

1075 — Les Lorettes, — Les Martyrs, — Impressions de ménage, — Les Plaisirs champêtres, — Paris le soir, — Politique des femmes, — Les Débardeurs, — Fourberies de femmes et pièces du journal l'Artiste. Quatre-vingt-douze pièces. Très belles épreuves.

1076 — Musée des costumes, croquis, etc. Six pièces.

GAVARNI, CHARLET ET PAUQUET

1077 — Illustrations pour les Français peints par eux-mêmes. Trente et une pièces.

GAUCHEREL (L.)

1078 — Exposition au salon du Louvre d'après G. de Saint-Aubin. Superbe épreuve, sur japon.

1079 — Études et croquis divers. Quatorze pièces.

GÉRICAULT

1080 — Le Chariot de blessés. Très belle épreuve, rare.

1081 — Pity the Sorrows of a poor old Man !... ; pièce rare. Très belle épreuve.

1082 — The Piper. Très belle épreuve, rare.

GÉROME

1083 — Gravures sur bois et photographies, d'après Gérôme. Douze pièces.

GIGOUX (J.)

1084 — Lithographies. Treize pièces de son œuvre.

GONCOURT (J. DE)

1085 — Le Pont-Neuf et la Samaritaine, d'après G. de Saint-Aubin (Cat. de l'œuvre de Jules de Goncourt, par M. Philippe Burty, n. 6). Très belle épreuve.

1086 — Portrait de Melle Mayer (39). Très belle épreuve.

1087 — Cour de Ferme avec un pigeonnier dans le fond (44). Très belle épreuve sur Chine.

1088 — Profil d'homme, d'après Gavarni (45).

1089 — Chanteurs ambulants, d'après Gavarni (55). Très belle épreuve, sur Japon.

1090 — Études pour le frontispice de la Lorette (63). Très belle épreuve, sur japon.

1091 — Jeune Femme accrochant au mur un cadre, d'après Fragonard (66). Très belle épreuve, sur chine.

1092 — Étude de jeune femme, d'après nature (72). Très belle épreuve, sur japon.

1093 — La Lecture, d'après Fragonard (74). Très rare épreuve du premier état, à l'eau-forte pure, tirée à trois exemplaires en cet état.

1094 — La même pièce. Très belle épreuve du deuxième état, sur chine.

1095 — Masque de Voltaire en 1736, d'après de La Tour (80). Très belle épreuve.

GONCOURT (J. DE)

1096 — Masque de Rousseau, d'après de La Tour (81). Épreuve sur chine.

1097 — Défets de l'art au xviiiᵉ siècle. Quarante-six pièces gravées à l'eau-forte. Très belles épreuves.

1098 — Portrait de Mˢᵉˡˡᵉ Meyer, — Singe se regardant dans une glace. Deux pièces.

GOYA

1099 — Caprices et autres sujets gravés à l'eau-forte. Quatorze pièces.

GREVEDON

1100 — Douze portraits d'enfants, lithographiés d'après nature, par H. Grevedon.

1101 — Mosaïque de costumes ou alphabet étrange, par H. Grevedon. Vingt-trois pièces.

1102 — Impératrices et Reines, par H. Grevedon. Douze pièces avec texte.

1103 — Le Miroir des dames ou nouvel alphabet français. Collection gracieuse et variée de portraits lithographiés d'après nature, par H. Grevedon. Vingt-cinq pièces.

GROS (Le Baron)

1104 — Lithographies et portraits par et d'après Gros. Cinq pièces.

HENRIQUEL-DUPONT

1105 — Mlle Rachel, d'après Lehmann. Belle épreuve.

HERKOMER (H.)

1106 — Portraits et sujets gravés à l'eau-forte. Sept pièces.

HESELTINE (J.-P.)

1107 — Paysages. Douze pièces gravées à l'eau-forte, sur papier du Japon.

HUET (Paul)

1108 — Paysage gravé à l'eau-forte. Epreuve sur chine.

INGRES (d'après J.)

1109 — Charles *Dupaty*, statuaire. Épreuve sur chine.

JACQUEMART (J.)

1110 — La Joconde, d'après Léonard de Vinci. Superbe épreuve avant la lettre.

JACQUES (Ch.)

1111 — Le Fumeur, — Paysage, — Les Buveurs. Trois pièces.

JOYANT (J.)

1112 — Paysage gravé à l'eau-forte. Très belle épreuve.

LAMI (Eugène)

1113 — Six quartiers de Paris. Suite de six pièces en couleur, dans la couverture de publication.

1114 — Accidents de voitures. Six pièces en 1 vol. grand in-4. Cartonné.

1115 — Les quartiers de Paris. Six pièces en 1 vol. in-4, cartonné.

LAMI (E.) et **H. MONNIER**

1116 — Voyage en Angleterre. Vingt-trois pièces.

LANÇON

1117 — Paysages, — Sujets et animaux. Vingt-cinq pièces gravées à l'eau-forte.

LEGROS (A.)

1118 — Grand paysage gravé à l'eau-forte. Epreuve avant toutes lettres, portant la signature de l'artiste.

1119 — Portrait de L. *Gambetta.* Epreuve portant la signature de l'artiste.

LEYS (J.)

1120 — Faust et Wagner, eau-forte. Très belle épreuve.

MADOU

1121 — Physionomie de la Société en Europe, depuis le XIVe siècle jusqu'à nos jours; quatorze tableaux par Madou, dédié à la Reine des Belges. Epreuves sur chine.

MAX KLINGER

1122 — Compositions diverses gravées à l'eau-forte, divisées en deux suites, avec titres.

MERYON (d'après)

1123 — Portrait de Meryon, — Marine, lithographie par Chauvel. Trois pièces.

MICHELIN

1124 — Paysage, 1868. Très belle épreuve sur japon.

MONNIER (H.)

1125 — Récréations, — Grisettes. Dix pièces.

1126 — Grisettes, — Récréations, etc. Vingt-six pièces.

MONTEFIORE (E.-L.)

1127 — Portraits et paysages gravés à l'eau-forte. Sept pièces.

1128 — Vingt-cinq dessins de Fromentin; suite complète gravée à l'eau-forte. Epreuves sur japon.

MONZIÈS (L.)

1129 — Eaux-fortes d'après Oudry, pour les fables de La Fontaine. Seize pièces.

NANTEUIL (Célestin)

1130 — Frontispices de romances et pièces tirées du journal l'Artiste. Cinq pièces.

LE POITEVIN

1131 — Ombres fantastiques. Suite de six pièces.

1132 — Les Diables de Lithographies ! par Le Poitevin. Suite douze lithographies.

RAFFET

1133 — Dessins pour affiches. Trois pièces.

ROQUEPLAN (C.)

1134 — Lithographies et eaux-fortes composant une partie de l'œuvre de cet artiste. Soixante-six pièces.

ROUSSEAU (Th.)

1135 — Le Chêne de roche. Epreuve du premier état avant la signature.

RUDE (d'après)

1136 — Lithographies et gravures sur bois, d'après l'œuvre de ce maître. Neuf pièces.

SCHEFFER (J.)

1137 — Scènes de mœurs. Dix pièces.

SEYMOUR-HADEN

1138 — Eaux-fortes ; quatre pièces. Superbes épreuves, rares.

1139 — Gravure sur bois, d'après l'artiste. Trois pièces sur chine.

TROYON (d'après)

1140 — Lithographies, eaux-fortes et gravures sur bois, d'après les œuvres de Troyon. Quarante-neuf pièces.

WALTNER (Ch.)

1141 — Portrait d'une Infante d'Espagne, d'après Velasquez. Epreuve avant la lettre.

YON

1142 — Paysages, animaux et sujets. Vingt-deux pièces.

1143 — Sous ce numéro il sera vendu par lots, deux portefeuilles eaux-fortes, lithographies, journaux, affiches, etc.

1143 *bis* — Sous ce numéro il sera vendu par lots un grand nombre d'estampes et lithographies de toutes les écoles.

LIVRES

1144 — Les *Artistes* contemporains. Trois vol. in-fol. oblongs, contenant un grand nombre de lithographies, par Anastase Leroux, Français, Bertaut, etc.

1145 — Les *Artistes* anciens et modernes, par H. Baron, L. Français, Eug. Leroux, A. Mouilleron, C. Nanteuil, etc. Trois tomes en 2 vol. in-fol. demi-rel.

1146 — Bourgoin (J.) — Les éléments de l'art arabe, le trait des entrelacs, par J. Bourgoin. Paris, librairie de Firmin-Didot et Cie, 1879. In-4 en portefeuille.

1147 — Desor et Favre. — Le Bel Age du bronze lacustre en Suisse, orné de cinq planches chromolithographiées de deux planches... par E. Desor et L. Favre. Paris, 1874. 1 vol. in-fol. cartonné.

1148 — Duplessis. — Histoire de la gravure en Italie, en Espagne, en Allemagne, dans les Pays-Bas, en Angleterre et en France, suivie d'indication pour former une collection d'estampes, par Georges Duplessis. Paris, 1880. 1 vol. grand in-8, broché, fig.

1149 — Guichard. — Les tissus anciens reconstitués à l'aide du costume, des miniatures et des documents inédits, par Ed. Guichard. Paris, chez l'auteur, en livraisons.

1150 — Guichard. — Dessins de décoration des principaux maîtres, quarante planches réunies et reproduites sous la direction de M. Ed. Guichard... avec une étude sur l'art décoratif et des notices par M. Ernest Chesneau. Paris... 1881. 1 vol. in-fol. en portefeuille.

1151 — Guillemin. — Le Monde physique par Amédée Guillemin, tome premier. Paris, librairie Hachette, 188 . Un vol. grand in-8 broché.

1152 — L'Art pour tous. Dix volumes.

1153 — L'Art contemporain. Quarante-quatre livraisons.

1154 — Liesville. — Histoire numismatique de la révolution de 1848, ou description raisonnée des médailles, etc. par A. R. De Liesville; Paris, 1877. Cinq livraisons grand in-4.

1155 — Loubat (J. F.). — The history of the united states of America, 1776-1876, by J. F. Loubat.... With 170 Achings by Jules Jacquemart. New-York, 1878. Deux vol. grand in-4 cartonnés.

1156 — Paul Mantz — François Boucher Lemoyne et Natoire, par Paul Mantz; Paris, A. Quantin, 1880. Un vol. in-fol. en feuille. Figures gravées à l'eau-forte.

1157 — Michel (Edmond). — Étude biographique sur les Tischbein peintres allemands du XVIIIe siècle, par Ed. Michel; Lyon, 1881. Une brochure in-4 brochée.

1158 — Reveil. — Œuvres de J. A. Ingres, membre de l'Institut, gravées au trait sur acier par A. Reveil, 1800-1851; Paris, chez Firmin Didot 1851. Un vol. grand in-4 cartonné.

1158 *bis.* — Sous ce numéro il sera vendu un lot de livres du XVIIIe siècle, 24 Almanachs de la Révolution, etc. Catalogues illustrés.

DESSINS

ANONYMES

1159 — Allégorie pour la Henriade, — Soldats entrant dans une chambre, où est une jeune femme évanouie sur une chaise. Deux dessins au crayon noir et encre de Chine.

BONVIN (L.)

1160 — Entrée d'un port. Au crayon noir et mine de plomb.

DRANER

1161 — Pompier et officier de Pompiers, 1863. Deux dessins à l'aquarelle.

DIVERS

1162 — Sous ce numéro, il sera vendu un lot de dessins par Lagrenée, Légillon, Morel, Boilly, Huet, Dupineau, etc.

1163 — Sous ce numéro, il sera vendu un fort lot de dessins par Dauzats, Decamps, Girodet, L. Boulanger, Paul Huet, Fromentin, etc.

FEUCHÈRE (J.)

1164 — Études et croquis divers; douze dessins. Au crayon noir, lavis et aquarelle.

GRAVELOT (H.)

1165 — Femme vue de dos. Au crayon noir rehaussé de blanc.

GROS

1166 — Portrait du Maréchal de Gouvion Saint-Cyr avec son fils. A la sanguine.

GUYS (C.)

1167 — Filles entretenues et Filles publiques de Paris, de Naples et d'Angleterre. Vingt-sept dessins à la plume et lavis d'encre de Chine.

HUET (Paul)

1168 — Paysage, au crayon noir et mine de plomb.

INGRES

1169 — Femme assise. Etude pour un portrait, au crayon noir.

LALLEMAND

1170 — Croquis divers. Dix-huit dessins au crayon noir et aquarelle.

LAURENS (J.)

1171 — Paysages. Deux dessins au crayon noir, rehaussés de blanc.

LEGROS (A.)

1172 — Tête d'un vieillard, à la plume et lavis.

MICHEL

1173 — Paysage, au fusain.

MINIATURES

1174 — Une feuille de manuscrit du XVe siècle, avec lettres ornées, au recto et au verso.

1175 — Lettre A, fragment de page d'un antiphonaire du XVe siècle.

DIVERS

1176 — Neuf lettres ornées, tirées de deux manuscrits différents.

1177 — Six feuilles, miniatures sur vélin avec bordures ornementées, tirées d'un manuscrit du XVIe siècle.

SAINT-AUBIN (G. DE)

1178 — Jeune Femme assise à une table, dessinant.
Au crayon noir, daté : 17 février 1778.

SERGENT (A.)

1179 — Allégorie sur la France et l'Italie. Beau dessin en forme de frise, au lavis de sépia, rehaussé de blanc.

WATTEAU (ANT.)

1180 — Étude d'une femme nue assise. Beau dessin aux trois crayons.

COSTUMES

1181 — Costumes militaires anciens et modernes (dessins). Trente-huit pièces.

DESSINS

1182 — Sous ce numéro, il sera vendu un fort lot de dessins par Papety, L. Cognet, Fromentin, Beaugrand, etc. et quelques dessins anciens.

PASTEL

LA TOUR

1183 — Portrait d'homme en buste, habit bleu et cheveux poudrés.

Haut. 0.60, larg. 0.49.

Paris. — Imprimerie Pillet et Dumoulin, 5, rue des Grands-Augustins.

www.ingramcontent.com/pod-product-compliance
Lightning Source LLC
LaVergne TN
LVHW020333230826
846091LV00003B/856

* 9 7 8 2 3 2 9 3 5 2 2 9 9 *